夏目漱石の小説世界

진명순

제이앤씨
Publishing Company

目　次

夏目漱石の小説世界

序言

　夏目漱石と禅というテーマで研究したいと思って、私は漱石の作品の全般を読み直し、読み始めた。その過程でまず気付いたことは、漱石作品の大方は当然の事ながら発表するため、人に見せるために書かれたものであるが、その中で漢詩だけはおおむね自分自身のために作られているという事実であった。漢詩は漱石が自分を相手にしてその内面を凝視観照しつつ頌しているのである。そしてこの漢詩がその自体で終わるのではなく、小説と深い関わりがあるということに気付いた。つまり、漱石の初期からの漢詩は、彼の小説において重要な位置を占めている。十代の漢詩ですでに彼の文学と人生を予示しており、少年期から学んだ儒教、道教および仏教などの東洋的な思想が詠じられ、またそれらは、彼の全生涯を通じて文学観の根底を成している。そして彼の人生についての哲学観にも大きな影響をあたえたのである。

　明治三十三年英国留学以来、明治四十三年小説『門』が書かれ

る時まで約十年間は漢詩の空白時代であるが、漱石はこの時期において漢詩で考え、現してきたことを小説で表現しようとしている。よって、以下漢詩空白時代の小説から禅の思想を読みとる考察をしようとする。が、小説に禅の思想を表面的に反映しているのは、漢詩の空白時代にのみ顕著なことで、晩年の漢詩復活時代からは、小説での禅の思想追求の形式を断念したらしいので、漢詩の空白時代の小説は禅の思想を探るのに意味深いことであると注意したい。直接禅に関心を持って数多くの経典を読み、参禅の経験もした漱石は作品に所々に禅を多く用いているし、晩年まで禅の境を参求していたのである。その晩年、午前中の『明暗』執筆で「俗了」された気分を午後の漢詩作りで洗うのだと言った漱石の言葉はよく知られているが、漢詩と他の作品、作品ばかりではなく、おそらくは実生活との、そうした関係は、実は若い頃から一貫している。そして、その中心にあるのが禅的な思想、世界観なのである。禅に寄せる漱石の心構えは生涯にわたるが、それに対する関心は、鎌倉参禅よりかなり以前から見られる。『硝子戸の中』第九章に、高等学校時代に友人である太田達人が風もないのに往来に木の葉が落ちるのを見て、「あッ悟った」と叫んだことを覚えているのが、その例の一つで考えられる。また、漱石の周辺には、太田達人以外に、米山保三郎や菅虎雄などの禅の先輩がいる。彼らとの交友や明治二十年代に盛んに刊行された禅書に親しむことなどによって、禅に対するかなりの知的理解を得ていたことは容易に想像できる。

　漱石は参禅の体験で与えられた公案、「父母未生以前本来の面目」への自分なりの解答を小説のなかで試みたように、「庭前柏樹子」、「趙州の無字(趙州狗子)」、「風動幡動(非風非幡)」等の禅の公案を取り入れ、その答案を示している。したがって、ある面では、禅による彼の精進と修行を表わした公案小説的な面もあることに注意したい。その「道」を求め、俗界を離れ、「私利私慾の羈絆を掃蕩」する点に於て、「煩悩を解脱」し、「霊台方寸のカメラに澆季溷濁の俗界を清くうらゝか」に収めて、「人の世を長閑にし、人の心を豊かにする」(『草枕』)境地をそこに定着しようとする。正しく禅の世界として絶対の境地を表現しようと試みているようである。青少年時代から持続している禅的な思想、また発想と深く結びついて小説で取り入れているが、作品によってその数が多く使われているものと少なく使われているものがある。また、その禅とともに仏教一般のことも多く書かれている。禅はその性格からいってもその自体に対する理解において難解である部分が多いので真に作品の真意を解るためには禅を解って、その意味を理解してその文章を解読しなければならないと思う。特に漱石は直接禅を経験し、禅を身につけてそれを取り入れているので単純な言葉だけを用いているのではなく、その思想とともにかきこんでいるのに注意される。そして、かつて作った漢詩をモチーフにして、小説に反映したり、その雰囲気を生かしたり、小説の中には直接取り入れてはいないが、その意趣をそのまま生かしたのが所々に表されているのである。本書ではこれらについても、察してみることにする。

第一章
『坑夫』と「天然自然」

一. はじめに

　明治四十年(1907年)の「断片」第十によって知られている如く、ある青年が漱石の所へ坑夫の体験談を持ち込んできたのを素材として書きあげたのが『坑夫』[1]である。この作品は、明治四十年(1907年)十月二十九日に『虞美人草』の連載が終わった翌年、元日から四月六日まで連載されたものである。その内容は一人の青年が二人の女性との間の恋のトラブルのために家を飛び出す時点からはじまる。青年は死ぬ気でぼんやり松原を歩いたり、くたびれて暗闇の神樂堂で寐たりする。そしてポン引きから声をかけられ、坑夫への道に入り、山の中でいろいろな経験をする。こういう事を、「過去の自分」と、過去の記憶をもとにして回想している「現在の自分」との心理推移を描く形式で、漱石は主人公の青年の心理状態の変化を一つ一つ映し出す方法で書いている。

　漱石は「談話」、「『坑夫』の作意と自然派伝奇派の交渉」において

---

1)『漱石全集』13巻、岩波文庫、1975年、2月。274頁。

示している如く、『坑夫』は「事件の進行に興味を持つよりも、事件
其物の真相を露出する」[2]ことに関心を持って書いたという。この
理由からか、『坑夫』は、新聞連載中にすでに、否定的な批評を受
けている。龍田樗蔭は、

　前略)「坑夫」に至つては先生一流の説明が多過ぎて先生の作中で一
　番見劣りするやうだ。尤も、九十何回といふ長いものがまだ半分
　しか出ぬから、これからどうなるか分からぬが、今迄出た丈で以て
　欠点の非常に多い作だといふ事はいへやうと思ふ。[3]

といっている。また、松岡譲は、

　『坑夫』は彼の作品として珍しく平板であつて、普通の意味に於
　て面白くないものであり、又それ故に世評をわき立たせなかつたも
　のであつたが、作家漱石の発展史の上では大きな価値を認めなけ
　ればならないのである。つまり『虞美人草』ではロマンチシズムを基
　調とし、『坑夫』ではナチユラリズムを前景に押し出したのである。
　さうしてこの二つともに漱石の中に内在してゐるのである。[4]

と、『坑夫』の世評と共に『虞美人草』との方法の違いをあげて注意
深く評している。これらの以外にも多く否定的な評を受けている

<hr>

2)『漱石全集』、前掲書、16巻、578頁。
3) 竜田樗蔭、『中央公論』、1908年、3月。89頁。
4) 松岡譲、『漱石・人とその芸術』、岩波書店、1908年、9月。59頁。

が、漱石の作品群から除外しそうな批評としては、松村達雄がいる。次のようである。

　　この小説だけは、その題材の点からいっても、漱石の作品群中孤立した感が深い。(中略)要するに漱石が他人の話を耳にしただけで、ここまで詳細に念入りな描写が出来る。その想像力の旺盛さにわれわれはおどろくだけである。所詮は、漱石の小説発展の道程に大きな意義をもつものではない。だから、われわれは「虞美人草」につづけてただちに「三四郎」の考察に移らう。5)

　以上の評からみて分かるように『坑夫』はあまり好評を受けていないらしいが、漱石が何を小説の中に主張しようとしたかに視点をおいて考えてみると、『坑夫』は漱石の人生観と思想がよくあらわれている重要な作品の一つであると注目することになる。したがって、この論では漱石が提示している特別な問題意識である人間の「心」の描写をめぐって考察することにする。

---

5) 松村達雄、「夏目漱石一人と作品」、赤門文学会編、『夏目漱石』、1962年、4月、135頁。

二. 観照

一) 無性格

　主人公「自分」は、過去の自分のことを客観的に描写することによって、大胆な勇猛心を起して、赤裸裸な所を恐れずに書くことを力める必要があるという。「過去の自分」から離れている「現在の自分」は、過去の自分に対して、冷静に見つめながらひとつひとつ表現している。いわば、過去の自分の心理推移によって、現在の自分が「観照」する態度で展開していくのが『坑夫』の作風であるといえる。

　「自分の事を人の事の様に書く」[6]と示しているように、身心の働きを客観的な観点から観察することに対して、次のように書いている。

　　　　自分のばらばらな魂がふらふら不規則に活動する現状を目撃して、自分を他人扱ひに観察した贔屓目なしの真相から割り出して考へると、人間程的にならないものはない。約束とか契とか云ふものは自分の魂を自覚した人にはとても出来ない話だ。[7]

　　　　　　　　　　　　　　　　　　　　　　　　（下線引用者）

---

6)『坑夫』『漱石全集』3巻、岩波書店、1975年、2月。 445頁。
7) 前掲書、456頁。

　自分を他人扱いにして落ち着き払って「観照」する余裕があったら、少しは悟れたろうと、現在の自分は過去の自分を振り返って観ている。「惜しい事に当時の自分には自分に対する研究心と云ふものが丸でなかつた。」[8]といい、「只眼前の心よりほかに心と云ふものが丸でなくなつちまつて」[9]いたことを回想している。このような「心の観照」は、青年の前におかれた状況と共に、心の移り変わりの行方を追いつつ展開される。これはただ人間の心理解剖だけでなく、漱石の思想の一つである「禅」の思想と結ばれ、「観照」する方法で試図されていると思う。

　東京を立って無茶苦茶目的もなしに歩く青年の眼に映る風景について、次のように表現されている。

　　別段の目的もない歩き方だから、顔の先一間四方がぼうとして何だか焼き損なつた写真の様に曇つてゐる。しかも此の曇つたものが、いつ晴れると云ふ的もなく、只漠然と際限もなく行手に広がつてゐる。苟くも自分が生きてゐる間は五十年でも六十年でも、いくら歩いても走つても依然として広がつてゐるに違ひない。ああ、詰らない。歩くのは居たたまれないから歩くので、此のぼんやりした前途を抜出す為に歩くのではない。抜け出そうとしたつて抜け出せないのは知れ切つてゐる。[10](下線引用者)

---

8) 前掲書、457頁。
9) 前掲書、457頁。
10) 前掲書、437頁。

　青年の視野の前が、いつ晴れるという的もなく曇った状態で広がっているのは、「人生の道」そのものである。死ぬ気で家を出たが、この曇った世界を歩きつづけたのは、苦痛から免れる望みを持って歩いたのだと、後から考えて、現在の自分は「心理状態の解剖」の観点で分析している。暗い所から、いくら抜け出そうとしても抜け出せないことを知れ切っているというのは、前へ前へと進んでも限りない人生の苦を意味しているし、青年に与えられている運命を語っているのであろう。青年のこのような状態がそのまま永続して死まで続くかは断言することができないが、この心持ちが青年の人生観を支配する有力なものであったらしい。この人生の道は、五十歳になっても六十歳になってもいくら歩いても、走っても限りなく広がっている。青年はまだ十九歳である。歩き始めた人生として早くも死を考える。

　　只管暗い所を目的に歩き出した許りである。今考へると馬鹿々々しいが、ある場合になると吾々は<u>死を目的にして進むのを責</u>てもの慰藉と心得る様になつて来る。但し目指す死は必ず遠方になければならないと云ふ事も事実だらうと思ふ。少なくとも自分はさう考へる。あまり近過ぎると慰藉になりかねるのは<u>死と云ふ因果</u>である。11)（下線引用者）

　主人公青年は死ぬ気で家を飛び出したが、気が気でない状態

11）前掲書、440頁。

で、死にたいと思っていても、死ぬ因果でなければ死ぬことができ
ない。また、生きていたいとしても、生きる因果でなければ死にい
たるのであろうと、青年は死の「因果」を思う。こういう因果を思っ
た青年は生と死の選択を必ずしなければならないという決心も必要
としてはいない。変わる変わるその時時の心理状態を見つめている
だけである。森田草平は、『坑夫』に対して心理描写の観点から、
次のように評している。

　　　一番目に立つものは、やはり心理描写である。(中略)が其処に
　　何かしらまだ物足りない或物があるのは、先生の心理解剖は飽く
　　迄解剖で、つまり心理状態の説明である。(中略)此心理解剖のあ
　　るがために、一層深く読者の心に喰い入つて、それを動かすと云ふ
　　やうには出来てゐない。12)

　読者の心を巻き込まれないというこの批判は、多分小説の基本
観念から見たのであろう。が、漱石は「自分がこんな事を露骨に書
くのはただ人間の正体を、事実なりに書くんで、書いて得意がるの
とは訳が違ふ」13)といいながら、「読者は笑ふだらう。然し自分は
当時の心情を真面目に書いてるんだから、人が見て可笑しければ
可笑しい程、其の時の自分に対して気の毒になる。」14)と表明し
ている。

---

12) 森田草平、『夏目漱石』筑摩書房、1976年 10月。392頁。
13) 『坑夫』前掲書、543頁。
14) 前掲書、545頁。

　何の為に歩いて居るのだか分からなくって、しかも歩かなくって
は一刻も生きて居られない程の苦痛は滅多にないといって、運命に
身をまかせ、因果通り流れていく。青年は新しく広がっている人生
の行路に他人に拠らず、自分の意識の流れのように流されて行く
のである。それを現在の自分は、目の前に広がる風景に対して直
接的な感情を起こすより、舞台に演じられているものを接するよう
な客観的な目で事件の進行を眺めているだけである。

　これについてただ作者は、「変わりつつ進んで來た、心の状態
は、有耶無耶の間に縁を引いて、擦れ落ちながらも、振り返つ
て、故の所を慕ひつつ押されて行くのである。」15)といって、心の
移り変わりは、「縁」によるものであると示唆している。

　このような因縁で自分の心が、丸くなったり四角になったりしな
ければならないことから逸れようとして、二人の女性から逃げたの
である。でも、この「因縁」に対する思いは青年の脳裏から離れない
まま、次次の状況に連なっている。長蔵さんにつれられ、一行と一
緒に歩く山の中の風景についても、「小さい小僧と、高い山と、夕
暮と山の宿とが、何か深い因縁で互いに持ち合つてるのかも知れな
い。」16)と、その因縁が語られている。そして、現在の自分の青年
はこの因縁を認め、次のように自分の感じを示している。

　　　自分は此永年方々流浪してあるいて、折々こんな因縁に出つ食

---

15)『坑夫』前掲書、459頁。
16) 前掲書、502頁。

はして我ながら変に感じた事が時々ある。——然しそれも落ちつい
て考へると、大概解けるに違ない。17)

　こういう「因縁」とともに漱石は、「思想」と「感情」との関係に対
して小説の中で次のように説明している。

　　病気に潜伏期がある如く、吾々の思想や、感情にも潜伏期があ
　る。此の潜伏期の間には自分で其の思想を有ちながら、其の感情
　に制せられながら、ちつとも自覚しない。又此の思想や感情が外界
　の因縁で意識の表面へ出て来る機会がないと、生涯其の思想や感
　情の支配を受けながら、自分は決してそんな影響を蒙つた覚えがな
　いと主張する。18)(下線引用者)

　この説は、人間が如何に、我執のなかで覚れない愚かさを持っ
ているかを案じているようである。その人間の真の面目を導く機会
を与えるのに作用するのが「因縁」である。青年が二人の女性に苦
しめられた時も、自分に連なっている「因縁」の潜伏者の正体を自覚
していなかったのである。作者はこれの説明をつづけてのべている。

　　此正体の知れないものが、少しも自分の心を冒さない先に、劇
　薬でも注射して、悉く殺し尽くす事が出来たなら、人間幾多の矛
　盾や、世上幾多の不幸は起こらずに済んだらうに。19)

17）前掲書、503頁。
18）前掲書、473頁。
19）前掲書、473頁。

　つまり、思想や感情などの世間の煩悩に悩まされながらも、それらの正体を知らないまま、この生涯を終えるのは不幸である。「自分の心を冒さない」というのは、仏教でいう世俗の境界に引っ掛かり起す「妄心」を滅することで、心の修行を要する意趣を示しているのであろう。修行ができて、超越の境に達すると、人間の矛盾も、不幸も存在するはずがない。これに対して漱石は、「宗教的問答」で若い弟子たちに、自分の禅的な「悟り」の立場を示して、

　　　「いったい人間といふものは、相当修行をつめば、精神的にその邊まで到達することはどうやら出来るが、しかし肉体の法則が中々精神的の悟りの全部を容易に実現してくれない。(中略)それに順つて、それを自在にコントロールする事だらうな。そこにつまり修行がいるんだね。さういふ事といふものは一見逃避的に見えるものだが、其実人生に於ける一番高い態度だらうと思ふ。」[20]

と説いている。人間の肉体に対する愛着、執着はなかなか切り落とすことができない。それが人間の本能の力である。しかしそれを無理に打ち破ろうとしなくて、それを観ずるのも修行であるというのを漱石は自信を持っていっている。

　青年は過去と現在の自分を観じながら、「人間の性格は一時間毎に変つて居る。変るのが当然で、変るうちには矛盾が出て来る筈だから、つまり人間の性格には矛盾が多いと云ふ意味になる。

20) 松岡譲『漱石先生』「宗教的問答」岩波文庫、1934年。102頁。

矛盾だらけの仕舞は、性格があつてもなくつても同じ事に帰着する。」[21]と、性格の不在をいっている。作者はこのような態度について、「近頃ではてんで性格なんてものはないものだと考へて居る。」[22]といって、小説の冒頭から「無性格」を提示している。「無性格」は、このような移り変わる心に、逆らうことなしに従うことの意も同時に持っているのであろう。青年は、初さんに危険な坑道に案内されながら、次のような状況を表わしている。

　　かう云ふ時の出処進退は、全く相手の思はく一つで極る。如何な馬鹿でも、如何な利口でも同じ事である。だから自分の胸に相談するよりも、初さんの顔色で判断する方が早く片が附く。<u>つまり自分の性格よりも周囲の事情が運命を決する場合である</u>。性格が水準以下に下落する場合である。平生築き上げたと自信してゐる性格が、滅茶苦茶に崩れる場合のうちで尤も顕著なる例である。<u>——自分の無性格論は此処からも出てゐる。</u>[23](下線引用者)

この「無性格」について、瀬沼茂樹は、『虞美人草』のような拵へものの通俗的興味から抜け出したものとして、「みずから「無性格論」とよんでいる性格解体論である。」[24]と解している。しかし、性格解体といえば、まず性格の設定が必要となるので、「無性格」の次元と異なる感じがする。

---

21)『坑夫』前掲書、518頁。
22) 前掲書、441頁。
23) 前掲書、613頁。
24) 瀬沼茂樹、『夏目漱石』、東京大学出版会、1987年、1月。135頁。

　自分の主観的な考え方を動かして行動するのでなく、客観視して、分別に引かれなくて無分別の次元でただ「無性格」に観照することであろう。汽車に乗って鉱山に向かう場面でも青年は自分の周りの動きに自覚する。

　　　自分は自分の周囲のものが、悉く活動しかけるのを自覚してゐた。自覚する共に、自分は普通の人間と違つて、みんなが活動する時分でさへ、他に釣り込まれて気分が動いて来ない様な仲間外れだと考へた。25)

　したがって「無性格」の意とは、物事に愛着ないし執着を持たなくて、ただ客観的な態度で接すること、即ち、観ずることであると理解していいと思うことがてきるだろう。青年は、ポン引きの長蔵につれられて茶店で、蠅だらけのあげ饅頭を平気に食べる自分に対して次のように述べている。

　　　妙な事に此の時程おとなしい気分になれた事は自分が生まれて以来始めてであつた。相手がどんな間違を主張しても自分は只はいはいと云つて聞いて居たらうと思ふ。
　　　……さうして又それを矛盾とも不思議とも考へなかつた。26)

　人情を離れて人間がいない所へ行こうと決心した青年は、人間

25)『坑夫』前掲書、482頁。
26) 前掲書、450頁。

の中で、自己の観察をし、自己を感じられる基になるのは、身の分での役割であることが解かる。人間のうちで纏つものは身体だけであるから、心も同様に片付いたものだと思っている。それで、「昨日と今日と丸で反対の事をしながらも、矢張り故の通りの自分だと平気で済ましてゐるものが大分ある」[27]と青年は思う。ここで「故の通りの自分」に関して即座に思われるのは、仏教、禅でいう「本来面目」である。肉身である「色身」はつねに変わり続けているが、その「色身」の主体である「本来面目」である「法身」は毫も変わらない。時空を超越した永遠不変の故の通りである。この道理を解すれば、執着なしに色身を「観」ずることが容易にできる。作者はこのような道理を主人公自分を通して主張しているようである。たえず変わる人間のこと、だから「人世は夢のようだ」[28]と漱石は『坑夫』に書いている。これも『金剛般若心経』に出る言葉である。

　　　一切有為法如夢幻泡影如露亦如電
　　　（一切の有為法は、夢、幻、泡、影の如く、露の如く、また、電の如し）[29]

　この世のことと共に人生とは、夢のように空しいものである。その故、世事に執着することは、なおさらはかないことである。

---

27) 前掲書、453頁。
28) 『坑夫』前掲書、523頁。
29) 中村元、紀野一義訳注『般若心経・金剛般若経』、岩波文庫、124頁。

二）天然自然

　青年は「過去の自分」に起こった、当時の種々の状況で、万事長蔵さんのいう通り、はいはいといっていたのが自然で、「現在の自分」は、百の長蔵さんが引っ張っても毫も動かないのが自然であるという。それで、主人公青年は、「現在の自分」の時点で、夢のような「過去の自分」の生を思い、「昔は神妙で今は横着なのが<u>天然自然の状態</u>である。人間はかう出来てるんだから致し方がない。夏になつても冬の心を忘れずに、ぶるぶる悸へていろつたつて出来ない相談である。」(下線引用者)[30]といって、心の変わりが天然自然の状態であることを意識する。ここでいう天然自然とはあるものをありのままに見るという意味であろう。「あるものをあるがままに見る」とは仏教でいう至極当然である真理であり、至極高逸の境地である。それは思量分別が消えた如如たる禅の世界を指している。無執着、無念無想の境地の見処である。大正五年(1916年)十一月の初め、漱石山房における木曜会の席上で、松岡譲、芥川龍之介、久米正雄と大学生一人などと宗教的問答をした。ここで、

　　柳は緑に花は紅でそれでいいぢゃないか。あるものをあるがまま
　　に見る。それが信といふものではあるまいか。[31]

---

30)『坑夫』前掲書、509頁。
31) 松岡譲『漱石先生』「宗教的問答」、岩波書店、1934年、102頁。

と、漱石はいっている。「花紅柳緑」は仏教の禅語で漱石の蔵書中にもある『禅林句集』の四言の部に、「柳ハ緑リ花ハ紅イ」とあるし、彼の漢詩にも数次用いられている。

『虞美人草』に見えた人情的世界から飛び出して、非人情的世界に接近した『坑夫』の無性格は、『草枕』の非人情世界とその性格を異なっている。それは運命の従順で、人情は人情のとおり、非人情は非人情のとおり、ありのまま差別なく、平等に受け入れる心の状態である。このようなありのままに景物を自然に観ることは後、大正五年(1916年)九月十八日の漢詩でも詠じられている。

無　題

飣餖焚時大道安　　飣餖を焚く時　大道安し
天然景物自然観　　天然の景物を自然に観る
佳人不識虚心竹　　佳人は識らず虚人の竹
君子曷思空谷蘭　　君子は曷んぞ思わん空谷の蘭
黄耐霜来籬菊乱　　黄は霜に耐え来たりて籬菊乱れ
白従月得野梅寒　　白は月従り得て野梅寒し
勿拈華妄作微笑　　華を拈りて妄りに微笑を作す勿かれ
雨打風翻任独看　　雨打ち風翻えし　独り看るに任す(下線引用者)

自然そのままが好きで詠じたものと思われるこの詩には、「無為自然」を大道にした心境が見える。人間が得意と思う識見が多ければ多いほど返って「道」の賊になる。森羅万象を接することにおい

て、そのような「思量分別」を「無」にしてありのまま観ずることができれば、それが「大道」である道理だと第二句で「天然の景物を自然に観る」と示唆している。明治二十六年(1893年)、三月六日、『哲学雑誌』に載せた評論、『英国詩人の天地山川に対する観念』に、

　　　「ゴールドスミス」は、田舎の生活を愛せし人なり。之を愛したるが故に、之に伴なふて離すべからざる。田園、村港、水車等、一に天然の景物を愛したり。然れども人を離れて山川を愛することなきなり。山川其物を恋ふことなきなり。「ポープ」の如く、宴席の小天地に踟蹰せるに優ること遠しと雖ども、自然を愛する事食色に優る杯とは、申し難からん。32)(下線引用者)

とあって、かつて天然自然に対する関心を持っていたことが書かれているが、この「天然自然」に対して漱石が思想的に意味を与えて用いているのは、最初の小説の『吾輩は猫である』からである。小説の第十一章で、寒月君、迷亭、独仙君、東風君等が集めて議論する場面で主人苦沙弥が述べる内容である。

　　　「今の人の自覚心と云ふのは自己と他人の間に截然たる利害の鴻溝があると云ふ事を知り過ぎて居ると云ふ事だ。さうして此自覚心なるものは文明が進むに従つて一日一日と鋭敏になつて行くから、仕舞には一挙手一投足も自然天然とは出来ない様になる。33)

---

32)『漱石全集』2巻　前掲書、164頁。
33)『吾輩は猫である』『漱石全集』1巻、503頁。

　ここでも分かるように、漱石はかつて知り過ぎる自覚心、つまり識見は自然天然になることにおいて邪魔であると認識していた。が、認識していながらも、この時期までは、漱石自身も世俗の一人として自覚心に追われ、自然天然になることに苦心していたのであろうが、大患以後順次になって五十歳になった今には「天然の景物を自然に観る」ことになったのである。そして、最後にこの言葉を使っている場面は、最後の未完成小説『明暗』に吉川夫人が津田に清子のところに行くことを勧める会話でである。次ぎのようである。

　　「貴方は貴方で始めつから独立なんだから構つた事はないのよ。遠慮だの気兼だのつて、なまじ余計なものを荷にして出すと、事が面倒になる丈ですわ。それに貴方の病気には、此所を出た後で、ああいふ所へ一寸行つて来る方が可いんです。私に云はせれば、病気の方丈でも行く必要は充分あると思ふんです。だから是非入らつしやい。行つて<u>天然自然来たやうな顔をして澄ましてゐるんです。</u><u>さうして男らしく未練の片を付けて来るんです。</u>34)(下線引用者)

　この立場から見ると、世間の遠慮、気兼ねなどは、実に思量分別の種であるから、天然自然になって煩悩の塊になっている世情の未練なんかは片付けるべきである。病気も世俗の分別から来る心の作用であるので余計な荷を下ろすべきである。つまり、人間世界

---

34) 『明暗』『漱石全集』7巻、474頁。

を離れる直前の漱石にとって、一生の荷であった煩悩と妄想を全
部切ることにしなければならない。それが天然自然にこの世に来た
ように、天然自然に滅せられて、そして天然自然にこの世を去る
こと、これこそ天然自然の境である。

　この「天然自然(または、自然天然)」の語は最初の小説『吾輩は猫
である』から最後の小説『明暗』まで、小説全般にわたって二十回く
らい取り入れて使われているし、漢詩にも数次使われている。

　天然の景物を自然に観ずることができる大道を解して、禅境の
「空谷」を「虚心」で観ずる「道人」としての禅定を表現している前の
詩には、釈迦が迦葉に伝えられた禅の公案「拈華微笑」が取り入れ
られているのに注目される。これは『碧巌録』第十五則の「雲門倒一
説」の【評唱】にもあげられている。

　　　昔日靈山会上、四衆雲集。世尊拈花、唯迦葉独破顔微笑。
　　　(昔日靈山会上、四衆雲のごとく集まる。世尊花を拈ず、唯だ
　　　迦葉独り破顔微笑す。)35)

　この詩に物事を観照する「天然の景物を自然に観る」のが禅の公
案「拈花微笑」とともに表現されていることからも、禅が漱石の思
想になっていることが分かる。つまり『坑夫』には、風景及び、人間
の心の変りつつ有様を自然に観ている禅の観法で描かれているので
ある。そして、こういう思想が晩年まで続いているのがこの詩から

---

35)『碧巌録全提唱』第2巻、禅文化研究所、1989年、8月。287頁。

見出すことができるのである。

　漱石は『坑夫』を書きながら『坑夫』のなかに、『坑夫』という小説になるかどうか案じながら書いている。小説を書きながら読者を意識し、小説の中で小説に対して客観的に述べたのは漱石の作品の中で珍しいことである。長蔵さんにポン引きされ、赤毛布と小僧と一緒に山の中に入ったが、飯場についてすぐ赤毛布と小僧が消えてなくなった場面の描写からである。

　　赤毛布も小僧もふいと消えてなくなつちまふ。是れでは小説にならない。然し世の中には纏まりさうで、纏まらない、云はば出来損ひの小説めいたことが大分ある。(中略)小説になりさうで、丸で小説にならない所が、世間臭くなつて好い心持ちだ。只に赤毛布ばかりぢやない。小僧もさうである。長蔵さんもさうである。松原の茶店の神さんもさうである。もつと大きく云へば此の一篇の「坑夫」そのものが矢張りさうである。36)(下線引用者)

　この述べ方は、小説の主人公の「自分」が過去の自分を客観的に、観照して書くことにとどまらず、作者である漱石自分も、小説を書く自分自身を観照している方法を取っている。これに関して漱石はさらに述べている。

　　纏まりのつかない事実を事実の侭に記す丈である。小説の様に拵へたものぢやないから、小説の様に面白くはない。其の代わり小

---

36)『坑夫』前掲書、535頁。

説よりも神秘的である。凡て運命が脚色した自然の事実は、人間
の構想で作り上げた小説よりも無法則である。だから神秘であ
る。37)(下線引用者)

　ありのままの事実を観じつつ記すだけであるので、それが小説で
あろうとなかろうと関係ない気配を見せている。『坑夫』自体が「観」
の態度で、「観」の方法で、「観」の視点で人間の「心」が書かれてい
るのである。これに、漱石が『坑夫』に意図する目的があると、この
論では重視したいのである。
　人生においてすべての事件は「運命が脚色した自然の事実」とし
て認識すべきことである。したがって、青年の「無性格」の態度は、
「運命が脚色した自然の事実」につれて天然自然に従順して行くの
である。

三. 心の正体

　青年は、「過去の自分」の心の状態が自分も知らぬ間に移り変わ
りつつ進んで行く様々な変化を観る。そして長蔵さんが、自分と同
行の赤毛布とを平等に扱う行動に対してさらに分別心を起す。

　　長蔵さんがにくにくしい程公平で、自分の方が赤毛布よりも坑

_____

37)　前掲書、536頁。

夫に適してゐると云ふ所を少しも見せない。全く器械的にやつてゐ
る。先口だから、もう少し此方を贔屓にしたら好からうと思ふ位で
あつた。——是れで見ると人間の虚栄心はどこ迄も抜けないもの
だ。38)(下線引用者)

　ここで虚栄心は、人間の分別心から来る一種の執着であろう。
目の前の境界と物に対する執着について作者は、「もし人間が物の
用を無視し得るならば、かねて物の用をも忘れ得るもの」39)である
といって、物に対する執着から抜けることを示している。しかし、
人間というのは境界にぶつかると思わぬまま分別心が起こるもので
ある。時々刻々に変わるこういう「心の正体」はなんであろうか。明
治三十一年(1898年)三月の漢詩には捕えがたい「心」に関して、す
でに詠じられている。

　　　失題

　　吾心若有若　　　吾が心　若有るが若し
　　相之遂難相　　　之を相るも遂に相難し
　　俯仰天地際　　　俯仰　天地の際
　　胡為発哀声　　　胡為ぞ哀声を発す
　　春花幾開落　　　春花幾たびか開落
　　世事幾迭更　　　世事幾たびか迭更

---

38)　前掲書、493頁。
39)　前掲書、517頁。

烏兎促鬢髪　　　烏兎　鬢髪を促し
意気軽功名　　　意気　功名を軽んず（下線引用者）

　この詩の第一句で、「吾が心若有るが若し」と詠じているように、『坑夫』のなかにも赤毛布と自分との関係からおこった虚栄心がふと消えることについて、「あるんだなと安心してゐると、既にない。ないから大丈夫と思つてると、いや有る。有る様で、ない様で其の正体はどこ迄行っても捕まらない」40)と、心の正体に対して同じ意趣で書かれている。『草枕』にはこの捕まらない「心」について、

　　自分の心が、ああ此所に居たなと、忽ち自己を認識するようにかかなければならない。生き別れをした吾子を尋ね当てる為に、六十余州を回国して、寝ても寤めても、忘れる間がなかつたある日、十字街頭に不図邂逅して、稲妻の遮るひまもなきうちに、あつ、此所に居た、と思ふ様にかかなけれならない。41)(下線引用者)

といって、自分の心を刹那に捕まって劃を描くのが劃工の目的であるとかかれている。この捕まらない「心」に関してさらに『坑夫』には、「心は三世にわたつて不可得なり」42)と述べている。この句は、仏教経典である『金剛般若波羅密経』にある。三世というのは、過去、現在、未来をいい、その原典は次のようである。

40) 前掲書、494頁。
41) 『草枕』『漱石全集』2巻、前掲書、457頁。
42) 『坑夫』前掲書、494頁。

爾所国土中所有衆生若干種心如来悉如何以故如来説諸心皆為非
心是名為心所以者何須菩提過去心不可得現在心不可得未来心不可
得

（そこばくの国土の中のあらゆる衆生の若干種の心を、如来は悉
く知る。何を以ての故に。如来は、もろもろの心を説きて、皆非心
となせばなり。これを名づけて心となす。故はいかに。須菩提よ、
過去心も不可得、現在心も不可得、未来心も不可得なればなり。）43)

（下線引用者）

　過去、現在、未来の三世に渡っても解することができない「心の
正体」を説いている。この「心の正体」を解得することができるなら
ば、「悟りの道」に達することになる。人間は自分の「心の正体」を
知らず、身に執着して、様々な分別妄想に悩まされる。こういう
人間の心は、時節因縁により自然に移り変わるものである。かつ
て漱石は「心の正体」に関して、明治二十三年(1890年)、八月九日
の正岡子規宛の書簡に書いている。

　（前略）生前も眠なり死後も眠りなり生中の動作は夢なりと心得
ては居れど左様に感じられない所が情けなし知らず生まれ死ぬる人
何方より来たりて何方へか去る又知らず仮の宿誰が為に心を悩ま
し何によりてか目を悦ばしむると長明の悟りの言は記憶すれど悟り
の実は迹方なし是も心といふ正体の知れぬ奴が五尺の身に蟄居す
る故と思へば郡らしく皮肉の間に潜むや骨髄の中に隠るやと色色

43) 中村元、紀野一義訳注『般若心経・金剛般若経』、岩波文庫、124頁。

　　詮索すれども‥‥44)（下線引用者）

　「心の正体」を知るためには「悟り」をひらくしかないのである。こ
ういう人間の心は、「水の様なもので、押されると引き、引くと押
して行く。始終手を出さない相撲をとつて暮らしてゐると云つても
差し支え」45)ないものであると作者はさらにいっている。仏教では
「心」を「真心」と「妄心」の言葉で分けている。「真心」は変りがない
「体」であり、「妄心」は絶えず変る「用」である。作者はこれを念頭
においたのであるか、「ある人が自分の話を聞いて、いやそれは念
と云ふもので心ぢやないと反対した事がある。」46)といって「心」と
「念」の区別をしている。反対したある人がいう「念」の意には、真
心からの働きの妄心を意味していると思う。
　漱石は、明治三十二三年(1899年1900年)頃の「断片」にも、「心」
に関して次のように記している。

　　　心ハ喜怒哀樂ノ舞台　舞台ノ裏ニ何物かある
　　　煩悩と真如は紙の表裏の如し
　　　二而一　一而二
　　　不変既に樂しからず変亦樂しからず気むづかしきは人間なり
　　　変にして不変不変にして変なるものを求めよ而して海は始終大
　　　安樂なるべし47)

----

44)『漱石全集』14巻、22頁。
45)『坑夫』前掲書、563頁。
46) 前掲書、494頁。

　波立つ海なれどその本質は大安樂であるように、絶えず移り変わる妄心の裏側には、その変による煩悩を超越した真如がある。心の本体、つまり真心である。三世にわたっても不可得である心、このような心に連続がない故、自分で自分が当てにならなくなる。

　要するに、漱石の「無性格」とは心の移り変わりにより流れていく「心」の推移の現象と連なっているのであると思う。この点から見ると、青年は、第一、死ぬかも知れないという決心で自宅を飛び出す、第二、死ななくっても好いから人の居ないところへ行きたい、第三、ともかくも働こう、というように知らぬまに心の変化を起していく。

　　　嬉しいと云ふ自覚丈を取り落とす訳がない。自分の精神状態は活動の区域を狭められた片輪の心的現象とは違ふ。一般の<u>活動を恣にする自由の天地は故の如くに存在</u>して、活動其の物の強度が減却して来たのみだから、<u>平常の我と此の時の我との差はただ濃淡の差である</u>。其の尤も淡い生涯の中に、淡い喜びがあつた。48)(下線引用者)

　これは、青年が自分に内在している心の本体を観ずることになった重要なきっかけとして表現されている場面であると指摘したい。すべての活動をほしいままにする「自由の天地は故の如くに存在」し

47)『漱石全集』13巻、前掲書、5頁。
48)『坑夫』前掲書、626頁。

ていることを自覚したのが「心の正体」を捕えた証拠になり、その故
に「心の活作用」を見参することになったのである。

　作者は、「片方づかない様に心を自由に活動させなくつてはいけ
ない」49)という意志を持って次のように描いている。

　　　　自分の心の始終動いてゐるのも知らずに、動かないもんだ、変
　　　らないもんだ、変つちや大変だ、(中略)内省が出来る程の心機転
　　　換の活作用に見参しなかつたならば──あらゆる苦痛と、あらゆる
　　　窮迫と、あらゆる流転と、あらゆる漂泊と、困憊と、懊悩と、得
　　　喪と、利害とより得た此の経験と、最後に此の経験を尤も公明に
　　　解剖して、50)(後略)(下線引用者)

　青年は自分のこのような心の動きを観じながら、その経過に連れ
て淡くなりつつ変化する意識の度において自覚していたのである。
中村真一郎は、このような作風の『坑夫』を「意識」に重点をおいて
次のような評をしている。

　　　　この小説は、一体何を描こうとしているように見えるか、ぼくに
　　　は、ある異様な心理状態そのものの再現を試みているようにみえ
　　　る。それを如何に描いているか、体験中の主人公の意識の流れ
　　　を、可能な限り微細に観察し、分析している。51)

──────────────

49) 前掲書、542頁。
50) 前掲書、510頁。
51) 中村真一郎「『意識の流れ』小説の伝統」(『群像』1952年　12月、『文学の魅
　　力』所収)、『文芸読本夏目漱石』河出書房新社、1977年、167頁。

　意識の流れにあわせているこの評は、小説の全般を語るのには物足りない感じがする。意識は心の本体、つまり、「真心」から観ると「妄心」の分である。故に、意識の流れで『坑夫』を理解しようとするのは、心の本体から移り変わる心の作用を観照しようとする作者の作意に満ちていないことであると思う。有るようで無いような心の本体、この心を解するために、漱石は『坑夫』で「心理解剖」、「心理推移」などの方法を示しながら、「心の作用」を捕えている。前にも述べたとおり、「心の作用」は、仏教でいうの心の「用」の道理である。この心の「用」を観ずることによって心の「体」を体得する事、これを漱石は『坑夫』で試図していると思われる。

　大正四年(1915年)一月頃より十一月頃までと記されている「断片」に、「心機転換」を認知した文句が書かれている。

○心機一転、外部の刺激による。又内部の膠着力による。
○一度絶対の境地に達して、又相対に首を出したものは容易に心機一転ができる。
○屢絶対の境地に達するものは屢心機一転することを得
○自由に絶対の境地に入るものは自由に心機の一転を得52)

　この内容のとおり、漱石にとって「心機転換」とは絶対の境地から自由に相対の世界を眺めることであろう。漱石は生涯、この「心機一転」の意趣を活かす禅定を追求しつづけている。

---

52)『漱石全集』前掲書、13巻、778頁。

四. 無人の境

　坑夫になるべきの運命をもって、青年は安さんの人格に動かされて鉱山に留まろうと決心したが、健康診断の結果、気管支炎で不許可となって坑夫には採用されず、しばらく飯場の帳附になる。この時点で青年は、死を予期し、超然と運命を諦観することになる。

　青年は、坑内で一人残された時、「自分の生涯に於ける心理推移の現象のうちで、尤も記憶すべき事実」[53] として死を決心した心境を述べる。しかし、安さんに会ってからはこの死の決心は変る。「安さんが生きてる以上は自分も死んではならない。死ぬのは弱い。‥‥‥」[54] と、死の断念をする。ここで安さんの存在は、青年において重要な意味を与えている。安さんについて、小宮豊隆は、「則天去私の体験者」[55] としてみなしており、宮井一郎は「人格社会に対する漱石の渇望」[56] であると述べている。

　このような安さんは、青年に「生」の意味を積極的に説いた人物である。しかし死は、「運命が脚色した自然の事実」として青年の眼前にある。

　　　死んで此処の土になつたら不思議なものだ。かう云ふのを運命といふんだらう。[57]

---

53)『坑夫』前掲書、630頁。
54) 前掲書、651頁。
55) 小宮豊隆「『坑夫』解説」、『漱石全集』前掲書、3巻、693頁。
56) 宮井一郎『漱石の世界』、図書刊行会、1982年、64頁。

　青年は運命の二字は昔から知っていたが、ただ、字を知っているだけで意味を納得するまではむずかしかったのである。運命は不思議な魔力で可憐な青年を弄ぶように吹き払う。が、「無性格」である青年は「自分が懐手をしてゐたら運命が何とか始末をつけて呉れるだらう。死んでもいい、生きてもいい。」[58]と、この生と死への運命に従順する。

　死を予期する前に出会った時のたんぽぽはきれいだったが、死の予期の後はただ世界がのべつ、のつぺらぼうに続いているうちに、あざやかな色が幾通りも並んでいる許りであると見るようになる。執着の心、拘泥の心が放下の心になって、自然をただ観ずることになったのであろう。この時の心境を次のように描いている。

　　ふと往きに眼に附いた蒲公英に出逢つた。さつきは勿体ない程美しい色だと思つたが、今見ると何ともない。何故之が美しかったんだらうと、しばらく立ち留まつて、見てゐたが、矢つ張り美しくない。(中略)さつき迄はあれ程厭に見えた顔が丸で土細工の人形の首の様に思はれる。醜くも、怖くも、憎らしくもない。ただの顔である。(中略)さう云ふ自分も骨と肉で出来たただの人間である。<u>意味も何もない</u>。
　　自分はかう云ふ状態で、<u>無人の境</u>を行く様な心持ちで、親方の家迄やつて来た。[59](下線引用者)

<hr>

57)『坑夫』前掲書、666頁。
58) 前掲書、669頁。
59) 前掲書、670頁。

　ここで、「意味も何もない」、「無人の境」というのは、青年にお
いて世の中に対する欲望と煩悩が消えることの意味であろう。前
で「本当に煩悩を忘れる為には矢張り本当に死ななくつては駄目
だ。」[60]と思った青年は、死の予期と共にこの状態を経験すること
になったのであると思われる。

　「無人」は、禅書である『碧巌録』から見出すことができるのであ
げてみよう。第九十七則「金剛経罪業消滅」の「本則」の「評唱」に、
「士云、無我相無人相。既無我人相、教阿誰講阿誰聴。座主無
対。却云、某甲依文解義。不知此意。居士乃有頌。云、無我亦
無人。(士云く、無我相無人相と。既に我人の相無くんば、阿誰
をして講じ、阿誰をして聴かしめんと。座主対無し。却って云
く、某甲文に依って義を解す。此の意を知らずと。居士乃ち頌有
り。云く、無我亦た無人。)[61]と説かれている。このように、「無
人」と「無我」は金剛般若性の般若の真理を求めることにおいて一切
の文字を超越する絶対境として示されている。したがって、「無人
の境」と「無我の境」は、同類の意趣で理解することができるし、漱
石にとっては絶対境として表している言葉であると思われる。『坑
夫』が書かれる前の明治三十八・九年(1905年・1906年)の「断片」
には、「無我の境」に関してつぎのように記されている。

　　　天下に何が薬になると云ふて己れを忘るるより鷹揚なる事なし無

---

60)　前掲書、480頁。
61)　山田無文『碧巌録前提唱』9巻、禅文化研究所、1988年7月、313頁。

　　我の境より歓喜なし。[62](下線引用者)

　この歓喜なる「無我の境」を得るため、漱石は俗世を離れて無人の境である『草枕』の非人情の旅をするが、これが小我の道であることを知覚し『野分』では俗世を離れなくて、無我の境を得る大我の道を求める。そして『坑夫』に至っては、まだ漱石の修行の未熟の時期であるゆえか、この「無我の境」は、死とともにする「無人の境」として、「本当に煩悶を忘れるためには矢張り本当に死ななくつては駄目だ」という難道の心境を示している。

　葬式のジャンボを見た青年は「世間には未来の保証をしてくれる宗教と云ふものが入用な筈だ」[63]と、宗教の必要性をいう。「心は三世にわたっても不可得なり」と、引用しているのが、禅宗において重視する『金剛般若経』であることから思うと、ここでいう宗教は仏教、特に禅であることを示唆している。未来を保証してくれる宗教を求めるが、「神―神は大嫌いだ」[64]という青年にとっては、確かに自分の力で達することのできる宗教を求めていることを示している。自分の力でできること、それは「禅」である。『坑夫』の中ではこの「禅」の言葉は出てこないが、「禅」において核心の問題、「心の正体」という言葉は用いられている。この「心」を解することが「悟り」であり、「道」を得ることである。岡崎義恵は「此宗教に近い倫理的

---

62)『漱石全集』前掲書、13巻、171頁。
63)『坑夫』前掲書、569頁。
64) 前掲書、628頁。

なものが「天」と呼ばれえるならば、此作は明かに天に則る道を暗示してゐる。」[65]といって「則天去私」を示唆しているようである。

　が、漱石は『坑夫』で、心の正体を解得するため、心機転換の活作用を観照しながら、「一切空」[66]を提示して「みんな釈迦の空説法」[67]であることを示している。したがって「心の正体」を悟ることにおいて「色即是空、空即是色」の「空」の道理を解すべきであることを注意しているのである。この道理を解すれば死をともにしなくても、真の「無人の境」を得ることができるし、「無我の境」を得ることができるのである。後、大正三年（1914年）、漱石は、真にこの道理を覚って、「閑居偶成似臨風詞兄」を題する漢詩に「無我の境」を詠じている。

　　　　無　　題

　　野水辞花塢　　　野水　花塢を辞し
　　春風入草堂　　　春風　草堂に入る
　　徂徠何澹淡　　　徂徠　何んぞ澹淡たる
　　無我是仙郷　　　無我　是れ仙郷

　この詩は「漱石遺墨集」におさめているものである。第四句「無我是仙郷」は、人間世上の市井に住んでいても、無我であるのを悟る

---

65) 岡崎義恵『漱石と則天去私』、宝文館出版株式会社、1980年3月、155頁。
66) 『坑夫』前掲書、522頁。
67) 前掲書、559頁。

と仙郷に住むのと全く同じであるという道理であろう。諸法無我の
理致をいうよりは、無我になると俗界がそのまま仙界になる。反対
に、有我になると仙界が俗界になるということである。

　「無我」は、諸法無我として、仏教の根本教理である三法印(仏
教教理の特徴を表わす三つのしるし)の諸行無常、諸法無我、一切
皆苦(小乗の場合)、涅槃寂静(大乗の場合)の一つで、阿含経をは
じめすべての経典に書かれている。即ち、「無我」は「無自性」であ
り、執着、我執からの超越を意味し、そのような無我を実践し続
けて、始めて清浄で平安な境に達せられるのである。

　漱石が「無我是仙郷」と詠じた意には、このような意味の「無我」
を充分解したと思われる。実に、漱石が最後に掲げている「則天去
私」は、これらの一切の主観を「無」として、その無人、無心、無
私、無我の絶対の境地から得たことであろう。そして彼の禅定か
ら生じた無我之境であろう。その「無我」については大正四年(1915
年)三月二十一日の日記に、「自分の今の考、無我になるべき覚悟
を話す」[68]という確固たる決心を述べている。また、「断片」大正四
年(1915年)一月頃より十一月頃でのメモには完全なる無我は小我
を超越する大我であることを示して、「大我は無我と一ナリ故に自
力は他力と通ず」[69]と記されている。無我になるべき覚悟とは絶対
の境地にはいるべき覚悟である。このような相対、絶対に対し、大
正四年(1915年)の「断片」からも見つかることで、次ぎのようにまと

68)『漱石全集』前掲書、13巻、761頁。
69) 前掲書、772頁。

めて書かれている。

　　　生よりも死、然し是では生を厭ふといふ意味があるから、生死
　　を一貫しなくてはならない。（もしくは超越）、すると現象即実在、
　　相対即絶対でなくては不可になる。70)

　生死を一貫しなければならないという生死超越観、相対すべて
から超越して絶対の境地に入れると、現象即実在、相対即絶対の
道に到達することができると漱石は考え切ったのであろう。漱石に
とって「無人」「無我」は、絶対境としての仙郷であるといえるのであ
ろう。

五．おわりに

　自分の意志で死ぬ気になって家を出た『坑夫』の青年は、運命が
脚色した自然の事実のとおり、今度は自分の意志とは関係なく病
死の運命の前に立つ事になる。そして「無人の境」の心持ちにな
る。「無人の境」は『草枕』の「非人情」の境とともに考えられること
で、漱石にとっては超俗の境、絶対の境としての意を表わしている
のであろう。無人の境で、眼に映る境界をありのまま観ずること、
心の移り変わりに執着せずに超然に観ずること、の希望をこの『坑

---

70)　前掲書、774頁。

夫』に描こうとしたのであろう。これは漱石の絶えず抱いている「道」
への接近であると思う。漱石はこのような意図で『坑夫』に、「運命
が脚色した自然の事実」を提示し、「生」から「死」に至るまでの人間
の多事を「自然」に描いている。また、それらは因縁により意識の表
面に出てくる。その表面に出る「心の活作用」を観じなから、三世
にわたっても不可得である「心の正体」を捕えようとする。また、心
の変わりが「天然自然」の状態で、あるものをありのままに見るとい
う意味は「天に則り私を去ると訓む。天は自然である。自然に従う
て、私、即ち小主観小技巧を去れといふ意」であるとなっている
「則天去私」の晩年の漱石の思想とつながっている。

　「無性格」的にしたがう青年を「運命の従順」の者として、現在の
青年が過去の青年の「心理推移」を追って、その心を観照する技法
をとっている。このように描かれた『坑夫』は、真の「心の正体」を参
求する漱石のいわゆる「求道小説」として、『草枕』と並ぶ重要な作
品であると思われる。

第二章
『一夜』と「描不成」

一. はじめに

　明治三十八年九月の『中央公論』に発表された『一夜』は、同年九月七日『読売新聞』の「芸苑時評」で「一読して何の事か分らず」と批評された。しかし、このような批評は当然かも知れない。なぜならば、漱石自身も『吾輩は猫である』のなかで、「送籍といふ男が一夜という短篇をかきましたが誰が読んでも朦朧として取り留めがつかない」[1]と、そうした批評を覚悟していたかのような言葉を書き示しているからである。

　『一夜』は、後に短篇集『漾虚集』のなかに収められた短篇の一つで、一人の女と二人の男が一夜会して夢について問答をするが、中途で流れたまま臥床に入り、一夜を過ごすという内容である。登場人物が、一人の女と二人の男である故、「三角関係」として見ている解釈も多いが、この論では、『一夜』には、漱石の漢詩群に

---

1)『吾輩は猫である』『漱石全集』第1巻、岩波書店、1966年12月、248頁。

表現された思想が小説の形をとって暗示的に表現されているものとしてまず注意して考察したい。

二．登場人物三人の位置

　漱石の最初の短篇集である『漾虚集』は、明治三十九年五月に刊行され、その中には『倫敦塔』『カーライル博物館』『幻影の盾』『琴のそら音』『一夜』『薤露行』『趣味の遺伝』の順で七篇の作品が収められている。これらを総括して『漾虚集』と名付けているが、その由来としては、当時の漱石自身の堂号である「漾虚碧堂」によるであろう。「虚碧」は、禅でいう「虚空」として、超俗の境、絶対の境を表わす言葉として考えられる。このことに関しては既に記したのでここでは省略するが(『漱石漢詩と禅の思想』第一章第二節第一項)。要するに、虚碧を漾わすという意になる禅的な意味の語を題にしていることから見ても、『一夜』のその基底にも漱石の禅的思想がこめられていると充分に推量できるということである。

　『一夜』は、通常の小説のような登場人物の出自や性格及び何らかの出来事といった小説の一般的な要件から外れているが、登場人物が、女一人、男二人という理由で『一夜』を「三角関係」として解して、今西順吉は、「人物の取り合わせが後の漱石作品に繰り返し用いられる「三角関係」と同様であるため、男の一人は誰かという推測もなされている。」[2]といっている。

　しかし、これらは漱石の基底にある禅的な発想に対しての無理解によるであろう。『一夜』は所謂小説ではない。それは言うならば禅小説、一篇の頌偈の散文化なのであると解すべきであろう。人生の正体、本来何者かという問題をめぐる三人の登場人物の暗示的な対話、姿などから漱石の根底にある禅的な思想を察することができると思う。

　まず、髯ある人、髯のない丸顔の人、涼しき眼の女、この三人の登場人物の八畳の部屋に置ける座の位置、その配置から来る意味の暗示性、それには三人に与えられている立場および役割がうかがわれる。すなわち、ここで「部屋」というのは三人の人物たちを包み込む世俗的現実のことであるが、そのなかで、髯ある人は部屋の奥深く床柱にもたれて座っている、つまり、それだけ深く現実的であり、また捉われていることを暗示している。それに対して髯のない丸顔の人は、椽に端居して胡座をかいている、つまり、髯ある男よりも、より部屋の外、自然に近い位置におり、またその分だけ部屋、現実の捉縛から逃れようと精進努力（胡座）していることが示されている。そして、この男二人のちょうど中間に位置するのが涼しき眼の女で、彼女は二人の男たちがそれぞれ自分の居場所、観念から発する言葉を撃いだり、相対化したり、という役割を果たしている。二人の中ではこの女性が最も自由で、部屋（現実）に捉われてもいず、また一途に逃げようともしていない。こんな三人が夢、

　2）今西順吉『漱石文学の思想』第一部、筑摩書房、1988年8月30日、426頁。

また画、画の中の美人という話題を展開している。この画について
は後に考察するが、まず『一夜』の基本の構造を示せば以上のように
なる。

　　「描けども成らず、描けども成らず」
　　「兼ねて覚えたる禅語にて即興なれば間に合はす積りか」3)

（下線引用者）

　つまり、髯のない丸顔の人は、その方法として胡座をかいて「禅」
に即してその超脱の問題を解決しようとしている。知識とか、理論
的とかの意識から自由になれる「道」として禅にたよるのである。そ
れで、彼の位置も部屋の中から抜け出た椽に端居してその立処を
示している。
　「禅」によるということは、知識による理屈では人生の問題は解
き難いからであろう。明治四十三年に書かれた『色気を去れよ』
に、円覚寺を訪ねて老師釈宗演について参禅したときの経験の回
想で、趙州の「無字」公案を授けられて参究した後の答案として、
「私の順番になつて未明に授かつた公案について見解を述べる、言
下に退けられて了ふ。今度は哲学式の理屈をいふと尚更駄目だと
取り合はぬ。」4)と記されている。人間の知識とか理屈が多ければ
多いほど、煩悩妄想の働きが多いことである。これを超越した「禅」

---

　3)『一夜』『漱石全集』第2巻、127頁。
　4)『漱石全集』第16巻、683頁。

の世界でこそ真の人生の問題が解決されるのである。丸顔の人はこの道理を分かって示していると思われる。

　一方、髯ある人は、自身の意識の中から、なかなか切り抜けることができない世間的な人間として、自分が備えている知識と科学的な思考ですべてを現実に準じて理解する。彼は、自分の知識と論理を通して解することができなければ納得できない観念の持ち主だが、現実で禅境を得ようとする丸顔の人に即して、夢の中でその理想郷を得ようとしている。「美しき多くの人の、美しき多くの夢を……」5)と言っている髯ある人は、理想は夢の中で求めるしかない、現実で実現するのは難しいという葛藤を抱いて、部屋の奥に身を床柱にもたれて弱そうな姿をしている。片岡懋は、「漱石の科学性」のなかに、

　　一心不乱、一念凝った人間の精神力を神秘の幕の中から取り出して、その力の強さを証明し、一見神秘不可思議と見える現象も一つの事柄を一心不乱に生きた人の可能性として処理しようとするところに、漱石の科学尊重の立場と人間尊重の気持ちが反映している。6)

と、一人の知識人としての漱石を語りながら、漱石の思想を科学性から言っている。しかし、漱石が、知識とか科学とか哲学とかの

5)『一夜』、前掲書、127頁。
6) 片岡懋編著『夏目漱石とその周辺』 片岡懋「漱石の科学性」、新典社、昭和63年3月25日、172頁。

人間のことから超越して禅による絶対境に達しようと生涯にわたって精進したことを思うと、単純に、科学尊重とは言い切れない。

　涼しき眼の女は、この二人の男が座している中間に位置して、二人の間で二人が発する問題に対して偏らず、中立で暗示的に向かうべき方向を提示している。

　　　「画家ならば画にもしましょ。女ならば絹を枠に張つて縫ひにとりましょ。」7)

と言って、女はなんらの偏見も持たず、固執のない自由自在であることが示されている。これは仏教的にいえば、「用」の道理を説いていると言える。このように、三人の座している位置とともに漱石は、至極暗示的に各々の立場を設定している。

　こういう暗示性は、当時、漱石自身の自己本位の確立の問題と、また、なかなか解決できない禅の問題との葛藤を示唆していると思う。つまり、二十七歳、二十八歳の時、鎌倉円覚寺の参禅の体験において、漱石に与えられた公案、「趙州の無字」、「父母未生以前本来の面目」を念頭において、その修行過程、心境などを描写しているのが『一夜』であると考えられる。

　「父母未生以前本来の面目」、即ち、「法身」である「本来面目」の境地を追求し続けている髯のない丸顔の人としての漱石、「出生以後の面目」、即ち「色身」の分に充足していながらも、理想として、

---

　7)『一夜』、前掲書、127頁。

世俗からの超脱境地に対する念願は抱いてはいるが、なかなか達せられない限界を感じ、夢にでも求めようとしている髯ある人としての漱石、こういう二人の中で、それらが「不二」であること、つまり、「法身」を離れた「色身」があり得ない、「色身」を離れた「法身」もまたないという不二の関係を示唆しながら髯ある人にも、髯のない丸顔の人にも偏しない涼しき眼の女としての漱石、などの一面一面を『一夜』に描いているのである。

　「美しき多くの人の、美しき多くの夢を……」と何度も吟じ出す髯ある人に涼しき眼の女は、「せめて夢にでも美しき国へ行かねば」8)という。この場面で、西南の方の(禅寺であろう)鉄牛寺からほとゝぎすの鳴き声が三人に聞こえる。髯ある人は、生まれて初めて聞くが、「一声でほとゝぎすだと覚る、二声で好い声だと思ふた」9)といって嬉しさを表わす。これに女は試しとして「ひと目見てすぐ惚れるのも、そんな事でしよか」10)と問うが、丸顔の人は「あの声は胸がすくよだが、惚れたら胸は痞へるだろ。」11)といって、惚れなくて聞き取れたことをいっている。

　すなわち、惚れることとは、煩悩妄想から起こす執着であるが、惚れぬというのは、そのような執着から放されて煩悩妄想がないこと、だから胸がすく声になると示唆している。髯ある人もそのように聞いたので、嬉しかったのであろう。そしてさらに「見た事も聞

---

8) 前掲書、129頁。
9) 前掲書、129頁。
10) 前掲書、129頁。
11) 前掲書、129頁。

いた事もないに、是だなと認識するのが不思議だ」[12)]とやっと真面
目を認識した自分の感想をいう。それで画幅だけの美人でなく、
画を活かす実際の方法を工夫することにまで至る。

　しかし、まだ現実の中では難しいか、「夢にすれば、すぐに活き
る」[13)]といって、せめて夢にでも美しき国へ行こうとして、夢にた
よることになる。

三.　画の意味

　では、この小説で三人の人物が語っている共通の話題である「画」
が意味しているのは何か、という問題に関して考察してみたい。
　「描けども成らず、描けども成らず」
　と、髯のない丸顔の人が繰り返していう。この「描けども成らず」
の典拠から、何を描こうとするのかに関してその正体を把握するこ
とができると思う。これの典拠は前述の漢詩の章で考察したとおり
次のようである。

　　　描不成兮畫不就
　　　賛不及兮休生受
　　　本来面目没処蔵

---

12)　前掲書、130頁。
13)　前掲書、130頁。

世界壊時渠不朽14)

　　描すれども成らず画すれども就らず

　　賛するに及ばず、生受することを休めよ

　　本来の面目蔵す処なし

　　世界壊する時　渠れ朽ちず15)

　これは、禅の公案集の一つである無門慧開(一一八三〜一二六
〇)著、『無門関』の第二十三則、中国禅宗六祖の「不思善悪」の公
案に附した無門の頌である。

　ここで、分かるように、「描けども成らず……」の描こうとする
対象は、「本来面目」であり、その「本来面目」は、もともと形がな
いので蔵すこともできないし、描くこともできないことが頌されて
いるのである。

　漱石はこのような道理を示すために、「画」というものを禅的な象
徴として『一夜』に取り入れ、その「本来面目」を描き出してみよう
とする彼の内部深くある禅の世界を表現する手段として取り上げ
たのであろう。

　また、この「描不成」をめぐって涼しき眼の女は、「画家ならば絵
にもしましよ。女ならば絹を梓に張って縫ひにとりましよ。」と
語っている。この言葉は、「本来面目」の「体」に即する「用」の道理
を比喩したことで、画家は画家の分で、女は女の分で、という現

---

14)『大正新脩大蔵経』48巻、『無門関』、1973年4月、再刊、大正新脩大蔵
　　経刊行会、298頁。
15)『国訳一切経』諸宗部、大東出版社、1959年11月、270頁。

象世界の機縁による分相の妙用を示している。漱石は『禅門法語集』の書き込みに、「体」と「用」について、

　　　心ノ用ハ現象世界ニヨツテアラハル、其アラハレ方ガ電光モ石火モ及バヌ程ニ早キナリ。心ノ体ト用ノ移リ際ノ働キヲ機トイフナリ。16）

と書いている。まさにこういう道理を涼しき眼の女を通じて説いているようである。

　「体」と「用」は、法身と色身であり、世俗から超脱した「真我」と世俗間の「妄我」でもある。「用」として様々の形に活かしても「体」の変わりはない。髯ある人の「縫へば如何な色で」という問いに、女は、

　　　「絹買へば白き絹、糸買へば銀の糸、金の糸、消えなんとする虹の糸、夜と昼との界なる夕暮の糸、恋の糸、恨みの色は無論ありましよ。」17）

と、再び色相分として「用」の自由自在である道理を述べている。
　「画」の実体は、人間の知識や観念や思想などに捉われていては実感することができない。それで女は目に見える色から目に見えない色まで挙げて答えている。つまり、心の実体、「本来面目」は、

16）『漱石全集』第十六巻、271頁。
17）『一夜』、前掲書、128頁。

知識的な思考では体得することができないという事実を示しながら、漱石は禅によるべきの心境を吐露しているのであろう。

　円覚寺参禅以来、公案、「父母未生以前本来の面目」を頭で解そうとしている自分自身に対する自責として悩む一面を、髯ある人を通じて語っているように思われる。そして「悟り」というのは決して知識的に、理屈的には開けないことを示している。

　「美しき多くの人の、美しき多くの夢を……」が示唆しているのは何であろうか。女は髯ある人に、「せめて夢にでも美しき国へ行かねば」といっているが、ここで、「美しき国」というのは何を意味しているのか。それは「描けども成らず」の世界、即ち、絶対の境地であると思う。世俗からの超脱の境地、「本来面目」を体得した境地として、悟りの世界である。それはかつて漱石が漢詩で詠じている「仙郷」だと言ってもよいであろう。明治二十二年の漢詩にそれが示されている。

　　無　　題

　　脱却塵懐百事閑　　　塵懐を脱却して百事閑なり
　　倪遊碧水白雲間　　　倪ま遊ぶ碧水白雲の間
　　仙郷自古無文字　　　仙郷古より文字無し
　　不見青編只見山　　　青編を見ず只だ山を見る

　俗世を離れた理想郷としての「仙郷」には、古来文字がないはずである。文字が無いので描く実体が何もないからであろう。「不立文

字」の絶対境で逍遥する、何の煩悩もない「仙郷」こそ「美しき国」、
描不成の境地である。

　髯ある人はまた、「世の中が古くなつて、よごれたか」と女に問
う。女は「よごれました」[18]と答える。世の中のよごれ、それは煩悩
妄想に満ちている人間の欲、色相世界の狂地であることをいって
いる。そして、「よごれました」という女の一言は、「美しき国」へ行
かなければならないことを告げているようである。ここでまた、髯
ある男は、「古き壺には古き酒がある筈、味ひ給へ」[19]と、女に言
うが、女は、「古き世に酔へるものなら嬉しかろ」[20]とすねた体で応
じる。「古き壺には古き酒がある筈」という話から、様々な固定観
念の中にいる知識人、その意識のカテゴリのなかで物事を理解しよ
うとする思考の枠の所有者である髯ある男がよく表現されているの
である。古き壺にも新しい酒があり得ることであり、また酒がない
こともあり得るのである。これに女は「世の中が古く」なったという
言葉を引っ繰り返して「古き世」といっている。これは実に重要なコ
メントである。つまり、髯ある人の「世の中が古く」なったというの
は、「現世」のことで、人間の欲望と煩悩によって汚れている俗世
を語っている。女もこの俗世が汚れたことには同意するが、髯ある
人の分別心に対しては指摘すべきことである。つまり、女がいう
「古き世」は、俗世を超越した世、古来元々存在している絶対の世

---

18) 前掲書、129頁。
19) 前掲書、129頁。
20) 前掲書、129頁。

界、いわゆる「父母未生以前本来の面目」の世界である。古き壷の
中の古き酒に酔うのでなく、そのような固定的な、知識的な思考
から超越して、「本来面目」の絶対の世界に酔う事になれれば如何
に嬉しいことであろうかとコメントしているのである。これで導き
としての女の役割が一層明かになる。

　一方、髯のない丸顔の人は、二人の話とは関係なく、「脚気かな
脚気かな」と二人の話を制する。二人の話と関係ない言葉である
「脚気」が意味しているのは何か。この小説の言葉としては唐突な
感じがする語かも知れないが、かえって三人において重要な言葉と
して論者は取り上げたい。小説の冒頭から出ている「脚気」は、作
者漱石が言いたい何かの意味が内包されていると思われるからであ
る。「脚気」というのが、日本の近代において少なくない病気である
と言えることは言えるが、この『一夜』の文脈から見ると、そんなに
単純な意であるまいと考えられる。髯のない丸顔の人の座り方は、
「胡座」をかいた坐禅の形である。つまり、一時的な短時間にした
のではなく、長い時間続けて胡座をかいていたので、その結果とし
て、「脚気」になったというのではないか。長期間、坐禅の経験が
ある人々は一回くらいは必ず「脚気」のような体験があるという。そ
して論者の経験からも思うと、髯のない丸顔の人の「脚気」は、坐
禅の経歴を暗示的にいっているのである。漱石が平常坐禅を心が
け、また実行にいたらしいことは、既に村上霽月の「君は句作の時
は何時も結跏趺座で、着物の後ろの裾を膝の下から前へ引張り出
して、組んだ膝をすつかり包んで座るのであつた。此人は座禅に慣

れて居るなと思つて居たが、其後居士の机の上に白隠禅士の傳が置いてあつたのを見た時、居士は之は漱石が読めと云つて持つて来たのぢやと云つた。而して夏目はあれで鎌倉へ行つて少しは座つたのだよと付け加えたのを聞いた[21]。（下線引用者）」の証言を示しておいた。

　また、髯のない丸顔の人を通じて超俗の境地に至るには頭でなく、実際坐禅を通じて禅の精進を実践することを示唆しているのである。つまり、これらは、漱石自身の坐禅の実践体験を反映しているとも言える。

　髯のない丸顔の男のこのような禅への示唆は、髯ある人にも認知されてはいるが、なかなか達し得ないことである。ところが、小説の中間部で髯ある人の画に対する心の動きが見える。前にも引いたが、再び見ると、

　「見た事も聞いた事もないに、是だなと認識するのが不思議だ」

　「わしは歌麻呂のかいた美人を認識したが、なんと画を活かす工夫はなかろか」

という髯ある人の言い方から推量して考えると、今まで目で見ることができる、耳で聞くことができるものから、不見不聞のものも認識することができるという消息をいっているようである。目に見える固定化された美人から脱して、自由に活かせる工夫に至る。女はこれに、

21）平岡敏夫編『夏目漱石研究資料集成』第3巻、日本図書センター、平成3年5月、276頁。（『澁柿』第30号、大正6年2月。）

「私には—認識した御本人でなくては」[22]

と答える。

　画の実体を実感することには、いくら他人から教わっても無駄であること、本人が直接実感しなければ真の画の正体は解することができない。つまり、知識、観念、論理、そして他人の力などからは絶対境地、「本来面目」を体得することができないのである。そのような理屈のカテゴリを放下すべきことである。女は、これを悟るのは本人だけのことであるのを強調している。禅における悟りは、あくまで自力であるゆえである。自分の人生を他人に代わってもらうことはできないからである。

　漱石は、円覚寺の参禅以後、自分に与えられた公案、「父母未生以前本来の面目」を近代の知識人としての哲学的思考で解しようとした自分が間違っていたと分かって、それを語りたかったのであろう。西欧的な論理形式が骨髄まで染み込んでしまっている近代の人間に、とっぴょうしもないものに思えるような「禅」とか、「悟り」とかの道理を認識することには、ある程度の内的苦労が必要だったのであろう。前に引いたように、「哲学式の理屈をいふと尚更駄目だと取り合わぬ」禅の世界であるので、そのような過程を経験しつつ漱石は自分自身を責めていたのであると思う。

　画の実体が解からなければ、真に活かすこともできない。髭ある

22）前掲書、130頁。

人は、「夢にすれば、すぐに活きる」と、美人の画を活かすこととして夢に依存する。この夢と美人に関してはすでに拙著『漱石漢詩と禅の思想』の第一章で論じたように、明治二十二年九月二十日の漢詩の第四句、「入夢美人声(夢に入る美人の声)」、また、明治二十七年三月九日の漢詩の第四句、「独倚禅牀夢美人(独り禅牀によって美人を夢む)」の二首の漢詩から察した通りである。つまり、夢で美人に接するのではなく、禅により、その境地で「美人」に接する事を詠じているのに注目したい。

　「描不成」である「本来面目」を「美人」の語で象徴して表現し、その本来面目にはまだ至っていないが、夢の中ではその境地に接することができること、つまり、「美人」と接することができるのである。

　この「描不成」の語は、後、明治四十五年の漢詩にも用いられている。その一句を見ると「春風描不成(春風描けども成らず)」と、描不成の対象として春風を取り入れている。「春風」、これやはり感ずることはできるが、眼に見えるものでないので「描不成」である。この詩を作った時期は修善寺の大患以後で、死を体験した後である。それ故、「本来面目」に対する漱石の見解にもずいぶんの修行の進展が見えることから思うと、論者は「本来面目」の語の異名として「春風」を選択したと指摘すると同時に、漱石の自由な風光が感じられる句であると考える。無形無相である「心の正体」の表現として「春風」、その意趣を同じくしたのであろう。

　登場人物三人が語り会った「画」の主題、「美人」について三人は運命的な一体感を感じているし、「夢」と「現実」の境界を超越し

て、真の美人の「画」を活かす道を追求する。それで三人は「画」の
実体を把握することに共感を表わしている。涼しき眼の女は「画か
ら女が抜け出るより、あなたが画になる方がやさしう御座んしよ」[23]
と、髯ある人にその方法を提示する。髯ある人はこの一言で今ま
での固定観念から解放され、「それは気がつかなんだ、今度から
は、こちが画になりましよ」[24]という。髯ある人は、やっと意識の
カテゴリから抜け出て、画を自由に活かす道に至ることになる。無
形無相の「描不成」の美人は活かされ、真の「画」が表出される。こ
れらの対話を聞いていた髯のない丸顔の人は二人と接点をなすこと
になる。禅への接点であろう。「あすこに画がある」[25]と髯のない丸
顔の人はいい、「ここにも画が出来る」[26]と髯ある人がいう。涼しき
眼の女も「私も画になりましようか」[27]と、一歩進んで、自と他、
主と客、相対と絶対の分別がない無分別、無差別観を言い表す。
自分以外の相対に対して画を求めているからである。真の「画」に
なることには、そういう分別、差別から完全に放下しなければなら
ないのである。この道理をいった時の女には、「淡き眉の常よりも
猶晴れやかに見え」、「春の夜の星を宿せる眼を涼しく見張」って[28]
愁、憂が消え去っている。方法の提示が通じ、自分の役割が果た
されたからであろう。

---

23) 前掲書、134頁。
24) 前掲書、134頁。
25) 前掲書、135頁。
26) 前掲書、135頁。
27) 前掲書、135頁。
28) 前掲書、135頁。

　このような接点は、「画」と「美人」、「現実」と「夢」が二つでない
こと、不二法の道理を示していると思う。つまり漱石はここで「体」
と「用」が不二である真理を説いているのであろう。

　人間の「本来の面目」、「心の正体」は描くことができない道理で
あるが、見性すれば自由自在にそれを現出することができる。そし
て世俗の時空を超越し、「無我の境」に達するのである。

　明治三十一年三月の漢詩「春日静坐」の第十一句から第十四句に
は次のように詠じられている。

　　（前略）
　　会得一日静　　　一日の静を会し得て
　　正知百年忙　　　正に知る百年の忙
　　遅懐寄何処　　　遅懐　何処にか寄せん
　　縹緲白雲郷　　　縹緲たる白雲の郷(下線引用者)

　一見性を得ると、人生そのものすべてが自ずから悟りを開くよう
になる。世間の煩悩妄想が消え解脱の境に入れる。漱石はこうい
う道にはいって超俗の白雲郷で悠々と生きたかったのであろう。そ
して、「描不成」の「本来面目」を自分なりに表現したかったのであ
ろう。

　『一夜』の末尾にこの詩の意趣を表わし、その道理を示唆してい
る。

　栗粒芥顆のうちに蒼天もある、大地もある。一生師に問ふて云ふ、分子は箸でつまめるものですかと。分子は暫く惜く。天下は箸の端にかゝるのみならず、一たび掛け得れば、いつでも胃の中に収まるべきものである。

　　又思ふ百年は一年の如く、一年は一刻の如し、一刻を知れば正に人生を知る。日は東より出でゝ必ず西に入る。月は盈つればかくる。29)(下線引用者)

　漱石は、明治三十八年から書きはじめた『吾輩は猫である』には禅の「観法」による客観的な視点から書いたが、翌年三十九年の『一夜』には自分の思想である禅の表現として、「夢」、「美人」、「画」を取り入れて主観的に書き上げている。そして、同年九月に発表した『草枕』には、画家として「夢」見ている「美人」の「画」を得ようとして超俗の旅をする。しかし、この年以降、明治四十年からは、夢のような超俗でなく、俗世の中で、積極的に自分の思想を世俗の物語として表出している。漱石自身が発明した言葉、いわゆる「低徊趣味」に準じたものである。勿論この理由として考えられるのは、明治四十年からの作品は、新聞の連載小説であるから、読者を意識して、『一夜』とか『草枕』のような超俗的で禅的な高逸境の物語は大衆の興味を呼び起こすことが難しいと思ったからかも知れない。それで『三四郎』では、後に詳しく論じているように、「美人」の「画」が、夢とか超俗のものでなく、現実世界の美禰子の

---

29) 前掲書、137頁。

かたちをとることになる。

四. むすび

　以上のようなことから思うと、『一夜』は漱石にとって思うままに書き上げた純粋な思想の表現であって、漱石の禅の思想を理解するためには重要な作品であると指摘したい。漱石の死後、数え切れないほど漱石の作品論が出ているが、なぜか、『一夜』の作品論は極めて少ない。漱石の作品の中で最も難解なものの一つであるからであろう。それで論者は一層関心を持ってこの『一夜』を考察することにしたのである。

　三人の登場人物の身分、素性、性格もわからない、ただ、三人は「鉄片が磁石にあふ」[30]ように集まったとされている。作品の末尾で「人生を書いたので小説をかいたのでないから仕方がない」と表明しているように、どこから来てどこへ去るか分からない人生である故、「生死の現象は夢の様なものである」[31]と、漱石自らいったとおり、人生そのものは「一夜」の夢のようである。この夢から醒めて、夢を夢として確実に観ずることになるため、禅による精進とともに悟りを求める。漱石はこのような禅による当時の心境を暗示的に表現し、それを『一夜』に表した。それに文学的な表語として、

---

30) 前掲書、130頁。
31) 『漱石全集』第11巻、『「鶏頭」の序』、558頁。

「画」、「美人」のイメージを取り入れて禅的な意味を付与したのであるとも思う。求道的な自己の姿を冷静に客観し、「本来面目」に向かって精進する修行者としての漱石を『一夜』に描出したのであろう。これは三十九歳までの漱石の禅の精進の度合いがうかがわれる作品であると論者は思う。

第三章
『草枕』と「白雲郷」

一. はじめに

　明治三十九年八月、『吾輩は猫である』の発表の後、同年九月、『草枕』を発表している。漱石の初期の小説として、この二つの作品の世界は同質的な要素を持っている。「猫」の目を通して人情の世界を傍観的に描写しているのと、人情の世界を離れた「画工」の目を通して非人情の世界を傍観的に捉えて画にしようとするのとが、その同種の趣きを為しているのである。これは、禅的な「観法」に通ずるものである。最初の作品『吾輩は猫である』に、このような「観法」を取り入れたのは、前述のとおり、青少年時代から持続している禅的な思想、また発想と深く結びついていることは間違いない。漱石は従来、漢詩に描いてきた世界をここで小説に移したわけである。

　さらに『草枕』には本格的に、その「道」を求め、『猫』の世界に繰り広げられたような俗界を離れ、「私利私慾の羈絆を掃蕩」する点に於て、「煩悩を解脱」し、「霊台方寸のカメラに澆季溷濁の俗界

を清くうらゝか」1)に収めて、「人の世を長閑にし、人の心を豊かにする境地をそこに定着しようとする。正しく禅の世界として絶対の境地を表現しようと試みているのである。

　このような境地を、漱石は「非人情の天地」として表現しており、世俗を超越する世界として表出している。そしてそこから真の詩、真の画を得ようとする。本稿では、このような漱石の意図と、更にその見地を中心にして展開されている漱石の「求道」の問題をめぐって、その思想を考察してみたい。

二. 『草枕』のモチーフ

　漱石は「談話」、「余が『草枕』で、「私の『草枕』は、この世間普通にいふ小説とは全く反対の意味で書いたのである。唯一種の感じ——美しい感じが読者の頭に残りさへすればよい。それ以外に何も特別な目的があるのではない。」2)と表明しており、そして、『草枕』は「俳句的小説」だといっている。そう言われた通り『草枕』には、俳句十二句、漢詩二首が収められている。どちらも、長閑な「春」を主題にした詩に、その焦点を合わせたようである。

　つまり、漱石は、かつて作った漢詩をモチーフにして、『草枕』を書いたと敢えて指摘したいのである。これについて、漢詩と本文を

---

1)『草枕』『漱石全集』第2巻、388頁。
2) 談話「余が『草枕』『漱石全集』第16巻、545頁。

比較しながら、その雰囲気を察してみることにする。年代的には熊本時代の明治三十一年の漢詩を主にしている。次にあげるのは、小説の中には直接取り入れてはいないが、その意趣をそのまま生かして『草枕』の冒頭からモチーフにした詩である。

無　題

菜花黄朝暾	菜花　朝暾に黄に
菜花黄夕陽	菜花　夕陽に黄なり
菜花黄裏人	菜花　黄裏の人
晨昏喜欲狂	晨昏に喜び狂せんと欲す
曠懐随雲雀	曠懐　雲雀に随い
沖融入彼蒼	沖融（ちゅうゆう）　彼の蒼に入る
縹緲近天都	縹緲として天都に近く
迢遥凌塵郷	迢遞（ちょうてい）として塵郷（しの）を凌ぐ
斯心不可道	斯の心道う可からず
厥楽自潢洋	厥の楽しみ自のずと潢洋（そ）たり
恨未化為鳥	恨むらくは未まだ化して鳥と為り
啼尽菜化黄	菜花の黄なるに啼き尽くさざるを（な）

これは、『草枕』の第一章の雰囲気を形成している詩である。その本文をあげてみる。「忽ち足の下で雲雀の声がし出した。谷を見下したが、どこで鳴いてるか影も形も見えぬ。只声だけが明らかに聞える。せつせと忙しく、絶間なく鳴いて居る。方幾里の空気が

一面に蚤に刺されて居たゝまれない様な気がする。のどかな春の日を鳴き尽くし、鳴きあかし、又鳴き暮らさなければ気が済まんと見える。其上どこ迄も登つて行く、いつ迄も登つて行く。雲雀は屹度雲の中で死ぬに相違ない。登り詰めた揚句は、流れて雲に入つて、漂ふて居るうちに形は消えてなくなつて、只声丈が空の裡に残るのかも知れない。

　巌角を鋭どく廻つて、按摩なら真逆様に落つる所を、際どく右へ切れて、横に見下すと、菜の花が一面に見える。雲雀はあすこへ落ちるのかと思つた。いゝや、あの黄金の原から飛び上がつてくるのかと思つた。」3)

　そして、第六章には、この詩の各句を持ち出して展開しているが、詩の第一句から第四句、第十一句、第十二句の意趣がそのまま生かされて次のように書かれている。「広い天地の間に、顕微鏡の力を藉るとも、些の名残りを留めぬ様になつたのであろう。或は雲雀に化して、菜の花の黄を鳴き尽くしたる後、夕暮深き紫のたなびくほとりへ行つたかも知れぬ。」4)

　前の詩、第五句、第六句の「曠懐　雲雀に随い、冲融　彼の蒼に入る」は、前記引用の「其上どこ迄も登つて行く、……只声丈が空の裡に残るのかも知れない。」5)、といってその意趣が書かれているし、また、「常よりは淡きわが心の、今の状態には、わが烈しき力

　3)『草枕』前掲書、389頁。
　4)　前掲書、453頁。
　5)　前掲書、389頁。

の銷磨しはせぬかとの憂いを離れたるのみならず、常の心の可もなく不可もなき凡境を脱却して居る。淡しとは単に捕へ難しと云ふ意味で、弱きに過ぎる虞を含んではいらぬ。沖融とか澹蕩とか云ふ詩人の語は尤も此境を切実に言ひ了せたものたらう。」6)と第六章におさめられている。

第七句、第八句の「縹緲として天都に近く、迢遰として塵郷を凌ぐ」も小説第一章に、「俗念を放棄して、しばらくでも塵界を離れた心持ちになれる詩である。」7)とその雰囲気と意趣が書かれている。

また、第九句、第十句の「斯の心道う可からず、厥の楽しみ自のずと潢洋たり」は、「心が知覚せぬうちに飽和されて仕舞つたと云ひたい。普通の同化には刺激がある。刺激があればこそ、愉快であらう。余の同化には、何と同化したか不分明であるから、毫も刺激がない。刺激がないから、窈然として名状しがたい樂がある。風に揉まれて上の空なる波を起こす、軽薄で騒々しい趣とは違ふ。目に見えぬ幾尋の底を、大陸から大陸まで動いてゐる潢洋たる蒼海の有様と形容することができる。」8)であり、第十一句、第十二句は、「詩人に憂いはつきものかも知れないが、あの雲雀を聞く心持ちになれば微塵の苦もない。菜の花を見ても、只うれしくて胸が躍る計りだ。(中略)余が心を楽ませつつあるから苦労も心配も伴はぬのだらう。」9)と表現されている。

---

6) 前掲書、455頁。
7) 前掲書、393頁。
8) 前掲書、455頁。
9) 前掲書、392頁。

このように漱石はすでに作っておいた漢詩の世界を再び小説として描写しているのである。

また、漱石は小説の中にもシエレーの詩、「ヒバリ」を引用しているが、内容から見て、その詩からの影響も考えられる。末松青萍（謙澄）が明治十五年に漢訳したものの訓読で、その一部分をあげてみよう。

　　　来れ汝空中の神物。汝豈に尋常の鳥ならんや。軽羽に駕し好音を弄し、高く挙がって縹緲に在り。是れ天上ならさるも亦塵表。
　　　一層々々　離れて裟婆。杳然として飛霞の如し。窈窕　彼の蒼々に入り、雲程波を生せず。歌い且つ　登り　登り且つ歌う。
　　（中略）
　　　吾人常に左右を顧み、区々　其の首を疚す。快笑の底　亦た憂有り。絶代の鈞天の奏。亦た皆悲人の口より出づ。
　　　嗟す汝が音既に斯くの如し。汝何ぞ独り自ら私するや。願わくば其の半ばを分って我に伝えよ。我まさに是を老舗詩、後世をして永く之を聞かしめんとす。

シエレーの詩、「ヒバリ」からどれ程の同感を持って、自分の詩にとりいれたかは分からないが、漱石は東洋の詩と西洋の詩の差として、東洋の詩には、人界を超越する解脱境があることに主眼点をおいている。

　　　ことに西洋の詩になると、人事が根本になるから所謂詩歌の純

粋なるものも此境を解脱することも知れぬ。(中略)いくら詩的にな
つても地面の上を駆けあるいて、銭の勘定を忘れるひまがない。シ
エレーが雲雀を聞いて嘆息したのも無理はない。
　うれしいことに<u>東洋の詩歌はそこを解脱したのがある。</u>(中略)<u>超
然と出世間的に利害損得の汗を流し去つた心持ちになれる。</u>10)(下
線引用者)

　以上のように、解脱の境がある東洋の詩、つまり漢詩の世界が
持つ「超然と出世間的に利害損得の汗を流し去つた心持ち」になれ
る詩を、そのまま小説の世界に昇華している漱石の心境は、冒頭
で示しているように、「煩悩を解脱」すること、「清浄界に出入」す
ること、そして「不同不二の乾坤を建立」し得ると信じて積極的な
態度で読者に示そうとしたのであろう。
　漱石は明治三十一年に四首の漢詩を残していて、四首はいずれ
も「美しい感じ」の「春」を主題にしている。『草枕』はその四首を背
景にしていると見てよいと思われるが、小説の中に取り上げられ
ているのは二首で、そのうち、次にあげる一首が明確に移されて
いる。

　　春　　興

　　出門多所思　　　門を出でて思う所多し
　　春風吹吾衣　　　春風　吾が衣を吹く

---

10)　前掲書、393頁。

芳草生車轍	芳草　車轍に生じ
廃道入霞微	廃道　霞に入りて微かなり
停筇而矚目	筇を停めて目を矚げば
万象帯晴暉	万象　晴暉を帯ぶ
聴黄鳥宛転	黄鳥の宛転たるを聴き
覿落英紛霏	落英の紛霏たるを覿る
行尽平蕪遠	行き尽くして平蕪遠く
題詩古寺扉	詩を古寺の扉に題す
孤愁高雲際	孤愁　雲際に高く
大空断鴻帰	大空　断鴻帰る
寸心何窈窕	寸心　何んぞ窈窕たる
縹緲忘是非	縹緲として是非を忘る
三十我欲老	三十　我れ老いんと欲し
韶光猶依依	韶光　猶お依依たり
逍遥随物化	逍遥して物化に随い
悠然対芳菲	悠然として芳菲に対す

　この詩もやはり、第十二章に各句の雰囲気が描かれている。第一句から第四句までは次のように『草枕』に示されている。

　「門を出て、左へ切れると、すぐ岨道つゞきの、爪上がりになる。鶯が所々で鳴く。(中略)岨道を登り切ると、山の出鼻の平な所へ出た。……路は幾筋もあるが、合ふては別れ、別れては合ふから、どれが本筋とも認められぬ。どれも路である代りに、どれも路でない。草のなかに、黒赤い地が、見えたり隠れたりして、どの筋につながるか見分のつかぬ所に変化があつて面白い。」11)と表現

されており、第五句、第六句は、「万象」と大千世界とを同じ意趣
にして、「どこへ腰をすゑたものかと、草のなかを遠近と徘徊す
る。(中略)春の日は限り無き天が下を照らして、天が下は限りなき
水を湛へたる間には、白き帆が小指の爪程に見えるのみである。
(中略)其外は大千世界を極めて、照らす日の世、照らさるゝ海の
世のみである」12)と描かれている。また、第七句、第八句の「黄鳥
の宛転たるを聴き、落英の紛霏たるを観る」は、木瓜の花をめぐっ
て、「鶯が所々で鳴く(中略)花は萎へ葉は枯れて、白い穂丈が元の
如く光つて居る。あんなに奇麗なものが、どうして、一晩のうち
に、枯れるだらうと、その時は不審の念に堪へなかつた。今思ふと
其時分の方が余程出世間的である。」13)とその意趣が表わされてい
るし、第九句、第十句は、「寐るや否や眼についた木瓜は二十年来
の旧知己である。見詰めていると次第に気が遠くなつて、いゝ心持
ちになる。又詩興が浮かぶ。」14)と表現されている。そして、第十
一句から第十八句までは小説第一章に、「日は霞を離れて高く上つ
て居る。(中略)余は常に空気と、物象と、彩色の関係を宇宙で尤
も興味ある研究の一と考へて居る。(中略)菜の花を見ても、只う
れしくて胸が躍る許りだ。蒲公英も其通り、桜も──桜はいつか
見えなくなつた。かう山の中へ来て自然の景物に接すれば、見るも
のも聞くものも面白い。面白い丈で別段の苦しみも起らぬ。」15)と

11) 前掲書、523頁。
12) 前掲書、527頁。
13) 前掲書、528頁。
14) 前掲書、528頁。

まとめられている。

　このような雰囲気を示してから画工は、「あゝ出来た、出来た。是で出来た。寐ながら木瓜を観て、世の中を忘れて居る感じがよく出た。木瓜が出なくつても、海が出なくつても、感じさへ出れば夫で結構である。」16)と満足を表している。

　以上のように、明治三十一年の春を題にして作られた旧詩をモチーフにして、「美しい感じ」の世界を表出しているし、その意図として、塵界を離れた自然境に心を寄せている。しかし主人公画工は、自然を味わうことだけを目的にはしていない。自然を味わい、それらを眺めると共に、離れている俗界を眺めることにその意図がある。この眺める対象のなかには画工の自分自身も含まれていることに注意すべきである。

　既に作られていた旧詩をあらためてこのように書き表し、示している漱石の真意は何であろうか。

　明治三十三年九月、英国に渡り、三十六年一月に帰国してから、現実の生活に追われたか、四十三年七月三十日まで十年間、漱石は一首の漢詩も作っていない。塵界を離れて解脱境を詠じることができる漢詩の世界であるが、なかなか入る余裕がなかったらしい。が、漱石の心の奥には漢詩への念は絶えず続いたのであろう。その証拠がこの『草枕』であり、その風流の心を『草枕』に托すために、「非人情の天地に逍遥」しようとした心境で作った旧詩を

15)　前掲書、392頁。
16)　前掲書、529頁。

折り込んだのであろう。つまり、漢詩の賛の心へ復帰すべきことを漱石自分は願っているのであると思う。それは、日々に追われる塵界から自由になって、超俗の心持ちに住む希求であり、求道の心であろう。

三. 観法

　明治二十六年、二十七年にすでに鎌倉の円覚寺で参禅の体験を持った漱石には、その当時、解けなかった公案が心の奥から離れなかったと思われる。それは、後、英国留学から帰って書き始めた小説などに点出し、彼の禅的な心持ちを示していくことになる。

　特に、『草枕』では、その禅境の筆致をさらに加えている。漱石自身が抱いていた公案に対する解答として一つ一つ表出しているように描いているのである。

　『草枕』が書かれるおよそ十三年前、漱石に与えられた公案は「趙州の無字」、「父母未生以前本来の面目」である。仏教一般には、こういう公案を解く一つの方法として参禅に任じたり、経典を読んだりする。が、まずあげられる道が「観法」である。「観法」には種々あるが、天台止観では、初心者はまず自己の心を観ずべきことを説いている。漱石もやはりこの観法を実践しようとしたに違いないと思われる。『草枕』第一章に、

　　着想を紙に落とさぬとも瑯鏘の音は胸裏に起こる。丹青は画架に向かつて塗抹せんでも五彩の絢爛は自から心眼に映る。<u>只おのが住む世を、かく観じ得て、霊台方寸のカメラに澆季溷濁の俗界を清くうらゝかに収め得れば足る。</u>17)(下線引用者)

と、書かれている。

　肉眼でない「心眼」で、すべての物事を観ずることができれば、無声の詩人に一句なく、無色の画家に一点なく、「煩悩から解脱」することができ、「私利私慾の羈絆を掃蕩」18)して清浄界に入ることができるのである。その「心眼」は、「心」を「観」ずる「霊台方寸のカメラ」であり、「観法」において欠かせない要点である。観法の「観」は、サンスクリット pasyana の訳で、心を集中し特定の対象に向けて思念して悟りに至る方法一般をいう。観法はその対象により、日想観、月想観、九想観や、仏、浄土の具体的な様相を想起する初歩的な観想から、現象の背後にある空、無我などの哲理や真理そのものを観ずる高度なものまである。19)そこで一念三千の相を観ずるなど、心的な自己体験を重視するところを「観心」という。即ち、自分の心を自分が観ずることであるから、第三者の立場になって客観的自己観察を要するのである。

　普通、人間とは、うつくしいことにも、結構なことにも、「自分自身がその局面に当たれば、利害の旋風に巻き込まれて」20)、目が

<hr>

17) 前掲書、388頁。
18) 前掲書、388頁。
19) 中村元外三人編『仏教辞典』、岩波書店、1989年12月、151頁。

眩んでしまい、自己を失することになる。自然の景物に接して、尊とい自然の力を感じて利害を離れ、目に映るすべてに対する性情を瞬刻に陶冶して醇なる詩境に入ることができるのは「観心」の境である。これがわかるためには、余裕のある第三者の地位に立つべきである。漱石は、これに関しても述べている。

　　三者の地位に立てばこそ芝居は観て面白い。小説も見て面白い。芝居を見て面白い人も、小説を読んで面白い人も、<u>自己の利害は棚へ上げて居る</u>。見たり読んだりする間丈は詩人である。[21]
　　　　　　　　　　　　　　　　　　　　　　　（下線引用者）

　「自己の利害を棚へ上げ」ておいて物事を見るというのは、三者の立場になって客観的な立場になることである。つまり、自分も含め、万象すべてを「観心」することである。自己の感情に落ち込まないで、客観的な観察を自由に駆使することができるならば、それが真の詩人である。世俗の分別から超越した「非人情」の世界には、自分を客観的に観る境がある。この「非人情」を描いた漱石に関して、森田草平は次のような意見を示している。

　　己れの姿を直視し、自己を諦観する此傾向が進めば、終には文芸の域を脱して、禅家の所謂生死の関門を打破して、一大頓悟を発する所まで行くのであろう。私は人生の真に徹しようとする文芸

---

20)『草枕』、392頁。
21) 前掲書、392頁。

　　　上の観照的態度が、此所に述べたやうな宗教上の悟りと必然的に
　　　広がるものであることを信ずるが、先生はやはりそれをも採られな
　　　かつた。先生の所謂余裕の文学——例へば前に挙げた俳句のやう
　　　に、美に即して自己を客観化せんとするもの——こそ、宗教上の悟
　　　りの境地と相通ずるものであることを主張してゐられた。此事に関
　　　しては、私は生前——特に『草枕』の出た前後——よく先生と論争
　　　したものだ。22)

　ここで森田草平は悟りを「採られなかつた」と述べているが、『草
枕』の全般に渡って漱石は、結局、禅にたより、頓悟を発するまで
行く「悟り」の境地を味わうための試図をしていると思う。「美に即
して自己を客観化せんとする」というより、自己を含めてあらゆる
ものを客観化して、そこで「美」を求め、「悟り」の境地に達しよう
としたのではないか。
　そして、そのような超俗の心眼で接する芝居や小説にこそ、真
の面白さが存するといっている。普通にいう芝居や小説の観方では
人情を免れないので、画工は、「観心」を得るため、その手段とし
て非人情の旅をしているのである。そこで、作者自身にも読者にも
「非人情」を提案しつつ真の詩を得て、抱えている公案に答えてみ
ようとした漱石の意図が込められているもの、それが『草枕』である
と見ることができる。勿論、その詩は、世間的な人情を鼓舞する
ようなものでなく「俗念を放棄して塵懐を離れて」こそ得ることがで

---

22) 森田草平『夏目漱石』、筑摩書房、1967年8月、128頁。

きる「東洋の詩」である。また、漢詩から感じ得た解脱の境を根本
にするものでもある。東洋の詩からは、少しの間でも非人情の天地
の中で超然と「出世間的に利害損得の汗を流し去つた」心持ちにな
れるからである。

　漱石が参禅した円覚寺の師、釈宗演は「軍人の修養」で、「観法」
に対して次のように説いているのであげてみよう。これによると、
「静座の法」について「数息観」という「観法」を説明し、その効果を
述べている。

　　　沸き立つ熱湯の中へ、一杓の冷水を注ぐが如く、胸襟分外に清
　　涼でありまして、万里の氷層裡に座つて ゐるやうで、前後截断、
　　心身共に打失する時がありませう。此時に当つては、妄想の把捉
　　すべきなく、生死の解脱すべきなく、自なく、他なく、天地なく、
　　万物なく尽三千大千世界只此出入の気息のみでありませう。これ
　　を入息天地を呑むといひます。<u>此内外一致打成一片の当体から普
　　ねく世界を達観する</u>と、即ち鳶飛んで天に戻り、魚淵に躍り、柳
　　は緑、花は紅にして、自己本来眼は横に、鼻は直でありませう。
　　これを出息天地を吐くといひます。23)(下線引用者)

　三千大千世界を「観」ずることができると、「入息天地」、「出息天
地」の道に至り、内外一致打成して達観することになる。このよう
な「観法」は、いくら煩わしい世間の中でも修行によりできることで
ある。

---

23) 釈宗演『禅学大衆講話』、『釈宗演全集』第1巻所収、46頁。

　同様のことを画工が、「御能拝見の時」の心持ちを例として提示していることに注意したい。『草枕』の冒頭に書かれている。

　　しばらく此旅中に起る出来事と、旅中に出逢ふ<u>人間を能の仕組と能役者の所作に見立てたらどうだらう</u>。丸で人情を棄てる訳には行くまいが、根が詩的に出来た旅だから、非人情のやり序でに、可成節検してそこ迄は漕ぎ付けたいものだ。南山や幽篁とは性の違つたものに相違ないし、又雲雀や菜の花と一所にする事も出来まいが、可成之に近づけて、<u>近づけ得る限りは同じ観察点から人間を視てみたい</u>。24)(下線引用者)

　漱石は、このように『草枕』の作意と趣旨を明白にしている。人情の世界を、能を見る眼と心持ちで眺めるように、現実の世界そのものを芝居としてつき離して観察することである。
　現実世界を「能」として眺めるには、眺める側の心構えが必要となる。つまり、自分の修行が伴うべきである。

　　是から逢ふ人間には<u>超然と遠き上から見物する気で、人情の電気が無暗に双方で起らない様にする</u>。さうすれば相手がいくら働いても、こちらの懐には容易に飛び込めない訳だから、つまりは画の前へ立つて、画中の人物が画面の中をあちらこちらと騒ぎ廻るのを見るのと同じ訳になる。間三尺も隔てゝ居れば落ち付いて見られる。あぶな気なしに見られる。言を換へて云へば、利害に気を奪は

---

24)『草枕』、395頁。

れないから、全力を挙げて彼等の動作を芸術の方面から観察することが出来る。余念もなく美か美でないかと鑑識する事が出来る。25)(下線引用者)

これはまさに「観法」の立地を語る漱石の見解が見られる文で、『草枕』で示している一つの「禅観」であり、公案の解明のための「道」であると思う。利害に気を奪われないから非人情の立場で人情的な様々な物事を「観」ずることができるのである。純客観的に目を動かせ、自然的にありのまま受け入れ、雲烟飛動の趣にも、落花啼鳥の情にも心を「観」ずる非人情の境を説いているのである。

このような主人公の旅の目的としては、当然俗情を離れた「白雲郷」で、あくまでも真の画工、真の詩人になり切るのが主意である。それで目に入るものすべては画としてみるべきであり、詩の中の人物としてのみ観察すべきである。第六章におさめられている次の漢詩からは、そのような漱石の「観心」の境を感じることができる。

春日静坐

青春二三月	青春二三月
愁随芳草長	愁いは芳草に随って長し
閑花落空庭	閑花　空庭に落ち

25)　前掲書、396頁。

素琴横虚堂	素琴　虚堂に横たう
蟏蛸挂不動	蟏蛸^{しょうしょう}　挂かりて動かず
篆烟繞竹梁	篆烟　竹梁を繞る
独坐無隻語	独坐　隻語無く
<u>方寸認微光</u>	<u>方寸　微光を認む</u>
人間徒多事	人間　徒らに多事
此境孰可忘	此の境　孰か忘る可けん
会得一日静	一日の静を会し得て
正知百年忙	正に百年の忙を知る
遐懐寄何処	遐懐　何処にか寄せん
緬邈白雲郷	緬邈たり白雲の郷　（下線引用者）

　画工はこの詩を作ってから、「どうも、自分が今しがた入つた神境を写したものとすると、索然として物足りない」と感想を語っている。この詩の神の「境」に関しては、明治二十三年八月末、正岡子規宛の書簡に既に示している。

　　　<u>詩神は仏なり仏は詩神なり</u>といふ議論斬新にして思白し君能く色声の外に遊んで清浄無漏の行に住して自己の境界を写し出されたとすれば敬服の外なし今より朋友の交を絶ち師弟の礼を似て贄を執り君の門に遊ばんかね‥‥26)(下線引用者)

　この手紙には、仏教、そして禅に対するかなりの関心が見られ、

---

26) 『漱石全集』第14巻、24頁。

「我昔所造諸悪業、皆由無始貪瞋痴、従身語意之所生、一切我今皆懺悔」という『四十華厳』の普賢行願品にある懺悔掲を記しているし、また、「(悟れ君)なんかと怒鳴つても駄目だ(狐禅生悟り)杯とおつにひやかしたつて無功とあきらむべし又理窟詰め雪隠詰めの悟り論なら此方も大分言ひ草あり」と書いている。要するに、詩神は悟りの心を写し出す表出であり、悟りから得る詩であるので、漱石にとって詩神は仏なのである。

主人公画工の詩として収められている「春日静坐」は、明治三十一年三月、『草枕』が書かれるおよそ八年前のもので、坐禅の体験から四年後の作である。解けなかった公案をそのまま抱えていた日々の中での作品の一つであったが、英国留学の後に、再び禅境に目を向けるようになった漱石に鞭を加えるようになった詩でもあると思われる。

人情の世界に囲まれ、その人情の世界から免れなかった留学生活、帰国後の責任感に追われた日々、「文学論」の仕事、養父とのゴタゴタなど、そうした世間から脱することを希求した意がこもっている詩であったろう。前に述べた、「菜花黄朝暾……」と「出門多所思……」の二首の詩がこの小説のモチーフになって、非人情の世界の風景を詠じている「青春二三月……」は、その非人情の風景の中で得た超俗の境を詠じたといえるだろう。

小説の冒頭に表明している「霊台方寸のカメラに澆季溷濁の俗界を清くうらゝかに収め得」る境地を表しているのである。「方寸認微光」の「方寸」は心を指す禅語であるので、その「微光」を認め、人情

世界の多事からのがれ、「観心」を通じて非人情の世界を詠じている内容として、この小説を解するのに欠かせない重点がおかれる一首である。また、旧詩を再び小説に取り入れたことを考えてみても、漱石の求道の心をうかがうことができるのである。

四. 放下と余裕

　世間に対して超然となれるためには、世間の物事に執着しないことである。人情の世界、世間の欲は、物に着することから起こるので、それは人間のすべての苦しみと楽しみの種になるのである。しかし、真の「東洋」の詩人、画工になるのには、まず物に着することなく、その物になり済まして同化することであると主人公は語っている。『草枕』の次にあげる文は物に着しない、つまり仏教で言う「放下」を示している。

　　　所謂楽は物に着するより起るが故に、あらゆる苦しみを含む。但詩人と画客なるものあつて、飽くまで此待対世界の精華を嚼んで、徹骨徹髄の清きを知る。霞を餐し、露を嚥み、紫を品し、紅を評して、死に至つて悔いぬ。彼等の楽は物に着するのではない。同化して其物になるのである。其物になり済ました時に、我を樹立すべき余地は茫々たる大地を極めても見出し得ぬ。自在に泥団を放下して、破笠裏に無限の青嵐を盛る。27)(下線引用者)

　心身にまつわる一切の執着、またその原因となるすべての物事を
捨てて、解脱の境を求める「放下」、そこには「我」を樹立する必要
さえない。つまり、無我の境から自由自在の世界を表出する詩、
画を念願している。そういう世界が非人情の世界である。ただ、
物事に即し、一物に化するのみが詩人の感興とはいえない。それ
は、「心を沢風の裏に撩乱せしむる事もあらうが、何とも知れぬ四
辺の風光にわが心を奪はれて、わが心を奪へるのは那物ぞとも明瞭
に意識せぬ場合がある。」28)(下線引用者)ということで、一首の詩
を完成することにおいては、「心」を「観」ずる「方寸認微光」の境を
解すべきことを要するのである。これが主人公の持っている意志で
ある。

　執着を離れて物に同化する態度で、我執を捨てる世俗の超越は
「物我一如」の境である。画工はこの心境で、「分別の錠前を開け
て、執着の栓張をはづ」29)す心の自由を示唆している。そこから
「余裕」が生まれる。

　　放心と無邪気とは余裕を示す。余裕は画に於て、詩に於て、も
　　しくは文章に於て、必須の条件である。今代芸術の一大弊竇は、
　　所謂文明の潮流が、徒らに芸術の士を駆つて、拘々として随処に
　　齷齪たらしむるにある。30)(下線引用者)

---

27)『草枕』、453頁。
28) 前掲書、454頁。
29) 前掲書、465頁。
30) 前掲書、470頁。

　人情の世界に対する執着を捨てる「放心」の境と、分別妄想の煩悩から脱する「無邪気」の境には、心の自由である「余裕」がある。画工は、この「余裕」知らずの近代の芸術に対して遺憾を表する。真の画工になることを目指している主人公、その真の画を如何なる境界でも、執着が起こらない「放下」の境から自由に描き出すことを決心している。そのような心の自由について、第十一章にそれにふさわしい「方針」が書かれている

　　　美しい春の夜に、なんらの方針も立てずに、あるいてるのは実際高尚だ。興来れば興来るを以て方針とする。興去れば興去るを以て方針とする。句を得れば、得た所に方針が立つ。得なければ、得ない所に方針が立つ。しかも誰の迷惑にもならない。是が真正の方針である。31)

　これを「随縁放曠」32)の「方針」といって、画工は確固たる意志を表明している。『草枕』で漱石はこのような自己確立を明かに示し、人生において重大な意味として向かうべき方向を提示していると思われる。それは勿論、禅的な思想が基盤になって、晩年まで展開されていくのである。そして、この「随縁放曠」の方針は、後、「則天去私」の思想を理解する一つの手がかりと考えられる。
　利害損得、善悪美醜と相対立している相対世界から絶対世界を

---

31)　前掲書、510頁。
32)　随縁放曠、『大慧普覚禅師書』上に「識らず日来随縁放曠、如意自在なりや否や」とある禅語である。

感じ得れば、願望している真の詩、真の画は得られるだろう。「無
絃の琴を霊台に聴く」[33]という境地、肉眼で見ることができない
「無絃の琴」を心眼で見て、心から聴くこと、心清浄そのものを示
している。煩悩の汚れなく、清らかな心の本性、即ち、心性本浄
の境である。ここで漱石は禅語、「没絃琴」を用いて霊台を表現
し、仏教の法を解している。「無絃の琴」は『吾輩は猫である。』の
第十一章にも「無限の素琴を弾じ」[34]と書かれている。これは、身
の曲りと心の邪がない身清浄と心清浄で、悟り、あるいは悟りに
近い状態と関連し、無所有、無執着、無我、空の道理を語ってい
る。また、物に同化して「其物になり済」むことをいって、物と我と
が一体であること、万物、衆生と自己との間に何の隔たりもない
「物我一如」を語っていると思う。

　我を滅して、物に執着しなくてそのものに同化する「物我一如」
の境は、執着から完全な「放下」による「無我」の境地である。この
ような「物我一如」の道理を漱石は、同じ時期に書かれた『野分』
で、「主客は一である。主を離れて客なく、客を離れて主はない。
吾々が主客の別を立てて物我の境を判然と分割するのは生存上の
便宜である。形を離れて色なく、色を離れて形なきを強ひて個別
するの便宜、着想を離れて技巧なく技巧を離れて着想なきを暫く
両体となすの便宜と同様である。」[35]と述べている。

---

33)『草枕』、454頁。
34)『吾輩は猫である』『漱石全集』第一巻、452頁。
35)『野分』『漱石全集』第2巻、768頁。

　この色相世界で、主と客は離れているようであるが、その本体は一つである。即ち、「体」と「用」の道理である。「用」を離れて「体」がなく、「体」を離れて「用」がないのである。これに関しては、漱石が鎌倉の円覚寺で参禅に臨じていた時に与えられた公案、「父母未生以前本来の面目」、「趙州の無字」に対して、老師釈宗演に答えた内容として、「物ヲ離レテ心ナク心ヲ離レテ物ナシ他ニ云フベキコトアルヲ見ズ」36)といった見解からうかがえる。この答えが当時釈宗演に認定されなかったが、漱石は自分なりの見解として持ち続けて、小説の思想的なモチーフとして用いているらしい。「用」にだけ心を奪われて執着に陥ると、人情の世界から離れることが出来ない。その本体の「体」の分で「用」を認識してこそ、画工が求める真の画が得られるのである。無我の境地で我の真体を体得しようとする漱石の意図がうかがわれる面でもある。

　漱石は、このような「放下」の態度で、「随縁放曠」の境を逍遥している画工を次のように描写している。

　　　空しき家を、空しく抜ける春風の、抜けて行くは迎へる人への義理でもない。拒むものへの面当でもない。自から来りて、自から去る、公平なる宇宙の意である。掌に顎を支へたる余の心も、わが住む部屋の如く空しければ、春風は招かぬに、遠慮もなく行き抜けるであらう。37)

---

36) 村岡勇編「文学論ノート」、岩波書店、1976年4月、14頁。
37) 『草枕』、453頁。

　「公平なる宇宙の意」は、絶対の世界を指す「平等性」を意味していると思う。完全な自由がこの平等性から感得されると、そこには疑念もなく「余裕」が随伴されるのである。画工は、こういう平等観を保っているのは自然であると着目している。

　　余は草を茵に太平の尻をそろりと卸した。こゝならば、五六日斯うしたなり動かないでも、誰も苦情を持ち出す気遣はない。自然の難有い所はこゝにある。いざとなると容赦も未練もない代りには、人に因って取り扱をかへる様な軽薄な態度は少しも見せない。（中略）冷然として古今帝王の権威を風馬牛し得るものは自然のみであらう。<u>自然の徳は高く塵界を超越して、絶対の平等観を無辺際に樹立して居る。</u>[38]（下線筆者）

　何の苦情も持ち出さない自然には、人によって取り扱いをかえる差別もない。つまり、絶対の平等観を樹立している自然には分別も妄想も煩悩もない。この差別に関しては、小説『野分』にも書かれている。

　　一たび此差別を立したる時吾人は一の迷路に入る。只生存は人生の目的なるが故に、生存に便宜なるこの迷路は入る事愈深くして出づる事愈難きを感ず。独り生存の欲を一刻たりとも擺脱したるときに此迷は破る事が出来る。[39]

38）前掲書、497頁。
39）『野分』『漱石全集』第2巻、768頁。

　主と客、物と我の差別は、人生において迷いを招来する。これらから超越して「公平なる宇宙の意」を感得するためには、物事に対する欲を捨ててその迷いから脱することである。それで、絶対の平等観を持ち、超然と「非人情」の世界に接する。

　画工の言う真の画を得るために、必須の条件になるのは、放心と無邪気からの「余裕」であると思う。この「余裕」は、画に着することもなく、世情に引かれて起こされる分別と煩悩にも悩むことなく、自己の心を客観的に観ずることができる境界から生じ得るものであるといってよいだろう。即ち、すべての色相世界の物事からの執着、邪念、欲心を捨てて、我執の無い「放下」の状態でなければ、「余裕」は出て来ないのである。「余裕」には何の差別もなく、利害損得もない無分別の完全なる自由がある。物事に対する執着から免れて、分別心が去り、非人情の目で観ずるべきである。

　しかし、「非人情」というのも人情を通じて感じ取るものなので、人情を無視することではなく、人情のありのままを心眼で観ずることであろう。次の文章からそのような画工の心地がうかがわれる。

　　余は明かに何事をも考へて居らぬ。又は造かに何物をも見て居らぬ。我が意識の舞台に著るしき色彩を以て動くものが無いから、われは如何なる事物に同化したとも云へぬ。去れども動いて居る。世の中に動いても居らぬ、世の外にも動いて居らぬ。只何となく動いて居る。花に動くにもあらず、鳥に動くにもあらず、人間に対して動くにもあらず、只恍惚と動いて居る。40)

つまり、すべての森羅万象は分明動いているが、そのものを観る心の本体は動きが無いという道理であろう。ただ、因縁にしたがって動いているだけである。あらゆる色物、声を打って、固めて、仙丹に練り上げて、その精気が知らぬ間に手孔から染み込んで心が知覚しないうちに飽和されてしまう時、それが真の画になり、詩になるのである。普通の同化には刺激があって愉快であろうが、「心の本体」からの同化には刺激がない反面、真の楽がある。いわば心の本体の霊妙な作用を意味している「妙用」の道理を述べている。

それは自然な縁に随い、なんらの執着なしにただ観照することである。第十一章では、そのような禅的な雰囲気、公案的な文体が多く見えるのに注意したい。

主人公の画工は昔、禅寺を尋ねたときを思い出す場面で、すれ違う坊主から禅機を感じる。

　　余は上る、坊主は下る。すれ違つた時、坊主が鋭どい声で何処へ御出なさると問ふた。余は只境内を拝見にと答へて、同時に足を停めたら、坊主は直ちに、何もありませんぞと言ひ捨てゝ、すたすた下りて行つた。41)(下線引用者)

画工はこの会話の中で坊主の「何もありませんぞ」という言葉が、あまりにも洒落であると感じ、心からうれしく思って晴晴した気分

---

40)『草枕』、454頁。
41) 前偈書、508頁。

になる。境内には確かに色々の物があるにもかかわらず、何もない
という発言は、禅僧であるから口にすることができると画工は受け
取ったのである。画工の胸に禅機が打たれたのは確かであると思わ
れる。作家のこの発想に対して考えられるのは、かつて接している
公案、「趙州の無字」である。「狗子還有仏性。也無。州云無」[42]
といって、犬に仏性があるにもかかわらず、趙州の「無」と言った法
理とその脈を同様にしているからである。

　また、漱石は覇王樹の姿の杓子と杓子の連続が如何にも突飛で
ある様子に対しても、一つの公案を提示している。

　　　如何なる是仏と問われて、庭前の柏樹子と答へた僧があるよし
　　だが、もし同様の問に接した場合には、余は一も二もなく、月下
　　の覇王樹と応へるであろう。[43]（下線引用者）

　ここに書かれている公案「庭前柏樹子」は『碧巌録』第四十五則
「評唱」、『無門関』第三十七則などにあり、その原文は「如何是祖
師西来意。州云。庭前柏樹子[44]（如何なるか是れ祖師西来意、州
云く庭前の柏樹子）」[45]である。州は唐の禅僧趙州である。

　『草枕』で、はじめて公案「庭前柏樹子」を取り入れたことも注目

42）『大正新脩大蔵経』第48巻、『無門関』、大正新脩大蔵経刊行会、1973年
　　4月、292頁。
43）『草枕』、511頁。
44）『無門関』、前偈書、297頁。
45）『国訳一切経』、『無門関』、諸宗部6巻、大東出版社、1959年11月、19
　　頁。

されるが、その答として、「月下の覇王樹」をあげたことにも注目すべきである。かつて授けている公案に対しての漱石の答案として示していることであるし、禅への相当の精進が見える所でもある。「明」でもない、「暗」でもない「月下」と、杓子の連続を成している微妙な「覇王樹」を取り合わせて、この公案の答案にして、漱石自身の禅の見解を見せ示していると思う。『漱石漢詩と禅の思想』にも述べたように(第二章第一節)、漱石の当時の筆跡から推量してみると、「体」と「用」の道理を理解したつもりで、「体」としての「月下」、用としての「覇王樹」に比したのではないかと敢えて論者は思う。

　そして、画工が観海寺の和尚に会って交わす会話にも禅機を見せている。その高逸な禅の問答がうかがわれる文章を引いてみる。

　「あの松の影を御覧」
　「奇麗ですな」
　「只奇麗かな」
　「えゝ」
　「奇麗な上に、風が吹いても苦にしない。」46)

　ここで和尚は極めて明確な禅境を説いている。即ち、六祖慧能大師の「非風非幡」である。『無門関』の第二十九則に、

　　　有二僧対論。一云幡動。一云風動。往復曾未契理。祖云。不

是風動不是幡動。仁者心動。47)

　　（二僧あり対論す。一人は云く、幡動くと、一人は云く、風動
　　くと。往復して曾て未だ理に契はず。祖云く、是れ風の動くに非
　　ず是れ幡の動くにあらず、仁者が心動くなり。）48)

とある、それである。松の木自体には奇麗である、奇麗でないの
分別がない。また、その影にもそういう分別があるはずがない。た
だ人間の自らの思量から起こるに過ぎない。即ち、人間の心の本
体の喩として、松の木をあげて「無念無想」の道理を説破している
のである。無念無想の境には如何なる揺れにも苦があるはずがな
い。

　このように漱石は、『草枕』で、「庭前柏樹子」、「趙州の無字」、
「風動幡動」等の禅の公案を取り入れ、公案に対する自分なりの答
案を示している。したがって、『草枕』は漱石の求道小説ともいえ
るし、公案小説ともいえる。

五.「憐れ」と静中動

　漱石が『草枕』に取り入れているこのような禅機から、『草枕』の
主眼点である「非人情」の世界と「憐れ」の意味を解することができ

---

47)『無門関』、前偈書、295頁。
48)『国訳一切経』『無門関』、前偈書、15頁。

ると思う。つまり「非人情」「憐れ」の意味を禅の世界から見出すべきであると思う。

　画工は、この「憐れ」を塵界を超越した「非人情」の境から得ようとする。そのために、「放心」と「無邪気」による「余裕」を持って、ただ、超然と眼前の境界を観照することを志向する。そのような彼は、観海寺の和尚の言行から真の芸術家の機を感ずることになる。俗気のない無邪気な画、俗情を離れている言葉、それらは人情から生まれた人情のものではなく、非人情から生まれた人情を自由に表出するものである。第十二章にはその和尚に対して述べられた次のような一節がある。

　　彼の心は底のない囊の様に行き抜けである。何にも停滞して居らん。随所に動き去り、任意に作し去つて些の塵滓の腹部に沈殿する景色がない。もし彼の脳裏に一点の趣味を貼し得たならば、彼は之く所に同化して、行屎走尿の際にも、完全たる芸術家として存在し得るだらう。[49]（下線引用者）

　悟達した境地を意味している「底のない囊」の語は、『碧巌録』の第四十三則「評唱」の「無底籃子」から来ているであろう。完全な「無」から出る「有」の世界としての芸術、それは、何も停滞していないところから「一点の趣味」の表出である。「底のない囊」とは、「観」の境地にも、「放下」の境地にも、達した「悟り」の境から点出される

49）『草枕』、521頁。

ことであるとともに、法身の分からの空寂霊知を示している。

　つまり、悟りの境地の「法界」から一点の趣味の「色界」が描出できれば完全な芸術が成立する。換言すれば「体」から出る「用」をつかみ、自由自在に応用することである。無形の「体」だけでは描き出すことができないので、「一点の趣味」としての有形の「用」が必要である。

　即ち、画工は、このような「無」から「有」、「有」から「無」の空寂霊知の消息を表わす完全な芸術を得ようとするのである。この「有」、「無」に逍遥する心持ちについて作者は、那美さんが振袖姿で徘徊している行動を無邪気の相として描き、「黒い所が本来の住居で、しばらくの幻影を、元の侭なる冥漠の裏に収めればこそ、かやうに閒靚の態度で、有と無の間に逍遥してゐるのだらう。」50)と述べている。

　那美さんと「非人情」について話し合ってから画工は鏡の池に向かう。そして「非人情」の画を構想する。塵界を超越して、絶対の平等観を無辺際に樹立している自然のような画である。

　一人の人間としての那美さんの顔から人間以上の永久なる平等性を見出すのは容易でないと感じながらも、どこか、何が足りないかと画工は考えたあげく、それは嫉妬でも、憎悪でも、怒りでも、恨みでもない「憐れ」であることに思い当たりを知覚し、その「憐れ」を求めようとする。作者は「公平と無私」51)の境を示している自然

---

50)　前偈書、462頁。
51)　前偈書、497頁。

には塵界を超越して「憐れ」を感じることができるし、「憐れ」を観ずる余裕があると述べている。が、那美さんの表情には「憐れ」の気味が現われていない。この「憐れ」さえあれば、那美さんの顔を画材にして非人情の画を成就することができる。

この「憐れ」に関して岡崎義恵は次のような意見を述べている。

> 『草枕』一篇の中心思想が美的観照性・美的静観性を強調したものとすれば、観られるものゝ具象性・明瞭性、観る者の非人情的無関心性だけが主張されて居れば十分である。其処に『憐れ』といふが如き感情的・人情的なものの点出を必要とするのは矛盾ではなからうか。52)

ここで、「憐れ」の矛盾をいっているが、画工が求める画を得るためには、その方便として「用」を捕えられる人情的な「憐れ」が必要である。岡崎義恵はさらに述べている。

> 『草枕』が禅的な非人情を中心としてゐることは否み難いけれども、その底に『憐れ』といふ哀の潜むべきことが要請されてゐることも疑ひ得ないやうに思ふ。53)

このように岡崎義恵は「非人情」を禅的には見ているが、「憐れ」

---

52) 岡崎義恵『漱石と則天去私』、宝文館出版株式会社、昭和43年12月1日、103頁。
53) 前掲書、128頁。

に対しては解し難い点があるようである。しかし、「体用不二」の見地から見ると、「非人情」と「人情」の関係も隔たりがあるのではない。非人情の底に人情が潜んでいるし、人情の底に非人情が潜んでいるのである。そこで点出されるのが「憐れ」であることを解せねばならない。が、岡崎義恵は「非人情」と「人情」を個別的に見ている故、「憐れ」を矛盾として理解しているようである。

　非人情と人情を感得するのも、「憐れ」を観るのも、自分の心である。画工はこの心の現出として「憐れ」を画に表現しようとしている。

　　　　自分の心が、あゝ此所に居たなと、忽ち自己を認識する様にかゝなければならない。生き別れをした吾子を尋ね当てる為に、六十余州を回国して、寝ても寤めても、忘れる間がなかつたある日、十字街頭に不図邂逅して、稲妻の遮ぎるひまもなきうちに、あつ、此所に居た、と思ふ様にかゝなけれならない。54)(下線引用者)

　ここでいっているように、自分の心を刹那に認識して「観心」の態度で画を描くのが画工の目的である。しかし、自分の心を観るのは容易ではない。これに対して、明治三十一年の漢詩、四首の中の一首「失題」にその意趣が詠じられている。

　　　吾心若有苦　　　吾が心　若しみ有るが苦し

---

54)『草枕』、457頁。

相之遂難相	之を相るも遂に相難し
俯仰天地際	俯仰　天地の際
胡為発哀声	胡ん為れぞ哀声を発す
春花幾開落	春花幾たびか開花落ち
世事幾迭更	世事幾たびか迭更
烏兎促鬢髪	烏兎　鬢髪を促し
意気軽功名	意気　功名を軽んず
昨夜生月暈	昨夜　月暈を生じ
飇風朝満城	飇風　朝　城に満つ
夢醒枕上聴	夢醒めて枕上に聴けば
孤剣匣底鳴	孤剣　匣底に鳴く
慨然振衣起	慨然として衣を振うて起ち
登楼望前程	楼に登りて前程を望む
前程望不見	前程　望めども見えず
漠漠愁雲横	漠漠として愁雲横たわる

　人間の心というのは境界にぶつかると分別が起こるものである。時々刻々に変わる人間の心、その捉えがたい「心の本体」を詠じた詩である。「吾が心苦有るが如し、之を相るも遂に相難し」というこの心を刹那に認識するのは、自分の内面的な問題である。決して外部から感じるのではない。これも画工は認識している。そして次のように述べている。

　わが感じは外から来たのではない、たとひ来たとしても、わが視界に横わる、一定の景物ではないから、是が原因だと指を挙げて明らかに人に示す訳に行かぬ。あるものは只心持である。此心持

ちを、どうあらわしたら画になるだらう——否此<u>心持ちを如何なる</u>
<u>具体を藉りて、人の合点する様に髣髴せしめ得るが</u>問題であ
る。55)（下線引用者）

　心持ちを「如何なる具体を藉りて」というのは、正しく、前で述
べた「用」の道理をつかむことである。人に見せるためには、自分の
感じだけでは駄目である。その感じを眼に見えるようにする一つの
方法が「画」である。その具体を藉りるのが「憐れ」の捕促である。
　画工が描こうとするのは普通の画でないといっている。これにつ
いて、「普通の画には感じはなくても物さへあれば出来る。第二の
画は物と感じと両立すれば出来る。第三に至っては存するものは只
心持ち丈であるから、画にするには是非共此心持ちに恰好なる対
象を選ばなければならん。」56)と区分している。そして、この対象
は容易に出て来ないが、出て来ても、「自然界に存するものとは丸
で趣を異にする場合がある。従つて普通の人から見れば画とは受け
取れない。」57)といっている。つまり、どのような心を保って、ど
のような見様で見るかが問題になる。

　　　物は、見様でどうでもなる。レオナルド、ダ、ヰンチが弟子に告
　　　げた言に、あの鐘の音を聞け、鐘は一つだが、音はどうとも聞かれ
　　　るとある。一人の男、一人の女も見様次第で如何様とも見立てが

---

55)　前偈書、456頁。
56)　前偈書、457頁。
57)　前偈書、457頁。

つく。58)

　人々の様々な分別と想像によって同じ対象も違って感じられる。人情世界、相対世界において、世間の普通の、そして当たり前の現象であろう。これが画に例えられて次のように語られている。

　　普通の小説家の様に其勝手な真似の根本を探ぐつて<u>心理作用に立ち入つたり、人事葛藤の詮議立てをしては俗になる</u>。動いても構はない。画中の人間が動くと見れば差し支ない。画中の人物はどう動いても平面以外に出られるものでない。平面以外に飛び出して、立方的に動くと思へばこそ、此方と衝突したり利害の交渉が起つたりして面倒になる。<u>面倒になればなる程美的に見ている訳に行かなくなる</u>。59)(下線引用者)

　人間の世界においてのあらゆるものの世俗的な心理作用とか人事葛藤があっては、画工が目的にする非人情の美的な画にはならない。

　ここでいう普通の画には『三四郎』の美禰子の画がある。美禰子の画を描いた画家の原口は、「画工はね、心を描くんぢやない。心が外へ見世を出してゐる所を描くんだから、見世さへ手落なく観察すれば、身体は自から分かるものと、まあ、さうして置くんだね。(中略)だから我々は肉ばかり描いてゐる。」60)といっている。これ

---

58) 前偈書、395頁。
59) 前偈書、396頁。

に対して『草枕』の画工は、心持ちを大事にして、その対象を選ぶことに苦心している。そして、「心持ちに恰好なる対象」として、画工は那美さんを選ぶことになる。しかし那美さんの表情には一致がないことを見て、「悟りと迷いが一軒の家に喧嘩をしながらも同居している体だ」[61]といい、心の統一がないのを指摘している。心の統一とは平穏な禅の世界であると同時に、「非人情」の世界である。したがって画工は、心の統一がある表情から浮かんでくる「憐れ」を求めていることを示唆している。つまり、「非人情」から浮かんでくる「人情」を描くために、「全然色気がない平気な顔では人情が写らない。どんな顔をかいたら成功するだらう。」[62]と悩みつづける。画工は、「憐れ」の念が少しも現われていない那美さんの顔から物足りなさを感じ、「ある咄嗟の衝動で、此情があの女の眉宇にひらめいた瞬時にわが画は成就するであらう。」[63]と思っている。

　ここで、考えるべき問題は「静」と「動」である。作者は「動か、静か。是がわれ等画工の運命を支配する大問題である。古来美人の形容も大抵此二大範疇のいづれにか打ち込む事が出来べき筈だ」[64]という見解を明確にしている。そして、「動」について次のように述べている。

---

60)『三四郎』『漱石全集』第四巻、253頁。
61)『草枕』、422頁。
62) 前偈書、466頁。
63) 前偈書、510頁。
64) 前偈書、421頁。

　　動けばあらはれる。あらはるれば一か二か三か必ず始末がつく。
　　一も二も三も必ず特殊の能力には相違なからうが、既に一とな
　　り、二となり、三となつた暁には、拖泥帶水の陋65)を遺憾なく示
　　して、本来円満の相に戻る訳には行かぬ。此故に動と名のつくも
　　のは必ず卑しい。66)

　「動」だけの画は「本来円満の相」に戻らないから卑しい。故に、
「静」を基盤にする「動」としての「憐れ」を表現する画を要求する。
即ち、「憐れ」は、「静」から現出される「動」であるといってよいだろ
う。したがって、「静」は「非人情」に連なって、また禅的な「体」
に、「動」は「人情」に連なって「用」に帰結されるのである。
　「神に尤も近い人間の情」である「憐れ」さえあれば、那美さんの
顔を画材にして、色相世界から離れた「非人情」の世界で逍遥する
真の画を成就することができる。「憐れ」を、色相世界から離れた
非人情から出る人情の表現として求め続けている画工は、那美さ
んの振袖の姿を見た夜、次のような感想を持つ。

　　金の屏を背に、銀燭を前に、春の宵の一刻を千金と、さゞめき
　　暮らしてこそ然るべき此裝の厭ふ景色もなく争ふ様子も見えず、色
　　相世界から薄れていくのは、ある点に於て超自然の情景であ
　　る。67)

_____

65) 拖泥帶水の陋、『碧巌録』第二則に「箇の仏の字を道ふも、拖泥帶水。箇
　　の禅の字を道ふも、満面の慚惶」とある。
66) 前掲書、421頁。

　つまり、色相世界から離れている非人情的な那美さんを感じた
のである。画工は人間を離れないで、人間の中から、人間以上の
ものとして「憐れ」を求める。その当てにした那美さんの顔には、
「静」と「動」が「豊かに落ち付きを見せているに引き易」[68]えて「乱調」
であることに迷う。

　このように感じた画工は、超自然の情景から表出される「静中動」
に対してさらに語っている。

　　　　元来は静であるべき大地の一角に陥欠が起つて、全体が思はず
　　　動いたが、動くは本来の性に背くと悟つて力めて往昔の姿にもどら
　　　うとしたのを、平衡を失つた機勢に制せられて、心ならずも動きつ
　　　づけた今日は、やけだから無理でも動いて見せると云はぬ許りの有
　　　様が――そんな有様がもしあるとすれば丁度この女を形容すること
　　　が出来る。[69]（下線引用者）

　ここで、「静であるべき大地の一角に陥欠が起って全体が思はず
動いた」ものと、「動いて見せると云はぬ許りの有様」が、「憐れ」の
意味として捕えられる。このような「憐れ」に触れる際、那美さんを
「画」にすることができるし、本来の性に背かずに真の芸術を完成し
ようという願望が実現されるのであろう。

---

67)『草枕』、462頁。
68) 前偈書、427頁。
69) 前偈書、422頁。

六. おわりに

　漱石はこのような意図で『草枕』を展開していくので、彼自身が
明かにしている「無私」という語に注意しながらその思想に接するの
が大事であると思う。眼に映るあらゆるものに「私」を除いて客観的
な観察で画として見るというのは、前で論じた「観」の態度である。
自己の主観的な意識に着しないで、「放心」で察することを語りた
かったのであろう。第十二章でその立地を表わしているのであげて
みる。

　　　始めて、真の芸術家なるべき態度に吾身を置き得るのである。
　　一たび此境界に入れば美の天下はわが有に帰する。尺素を染め
　　ず、寸縑を塗らざるも、われは第一流の大画工である。(中略)余
　　は此温泉場へ来てから、未だ一枚の画もかゝない。絵の具箱は酔
　　興に、担いできたかの感さへある。人はあれでも画家かと嗤ふかも
　　しれぬ。いくら嗤はれても、今の余は真の画家である。立派な画家
　　である。かう云ふ境を得たものが、名画を書くとは限らん。然し名
　　画をかき得る人は必ず此境を知らねばならん。70)(下線引用者)

　漱石がこの小説で掲げている「真の画」、「真の画家」とは、漱石
自身が抱いている公案に対する答を得る禅的な表語として提示し
た語であると思う。即ち、心身にまつわる一切の愛着、またその原

---

70) 前掲書、521頁。

因となる色界の境界を捨て離れて解脱の境に入り、完全なる自由をもって自在になる。「摩訶般若波羅蜜多心経」でいう「無色無受想行識、無眼耳鼻舌身意、無色声香味触法」の法界から現出される色界、つまり、「無」から「有」を表出するものとして「真の画家」という語を用いたと思う。ここで「無」とは、「有」を孕んでいる無であり、空寂霊知の道理を含有している。その「無」から現に妙出された「有」によって、「無」を体得する、そのような画が真の画であり、悟境の消息である。さらに『草枕』第十二章に次のように書いている。

　　苦痛を冒す為めには、苦痛に打ち勝つ丈の愉快がどこかに潜んで居らねばならん。画と云ふも、詩と云ふも、あるは芝居と云ふも、此の悲酸うちに籠る快感の別号に過ぎん。此趣きを解し得て、始めて吾人の所作は壮烈にもなる、閑雅にもなる、凡ての困苦に打ち勝つて、胸中一点の無上趣味を満足せしめたくなる。肉体の苦しみを度外に置いて、物質上の不便を物とも思はず、勇猛精進の心を駆つて、人道の為めに、鼎鑊に烹らるゝを面白く思ふ。[71]（下線引用者）

　肉体の苦を乗り越え、肉体に対する愛着なしに一点の無上の趣味のため精進する。そして法界に隠れている用を取り出して見せる。これが詩になり、画になる。

---

71) 前偈書、524頁。

　これらを漱石は、「人情」と「非人情」の対語で表現している。人間の日常生活には非人情なるものはない。すべてが人情である。人情を排除しては此世の中の人間の場を考えにくい。だから人情を超越して観ずる事、そこから俗界の人情を観照すること、それこそ非人情であろう。

　このような非人情の観点から感じ取った人情であるものを画材として描き、真の画を得るのが画工の意図だとして書いている漱石は、「非人情」と「法界」、「人情」と「色界」として意味付与していると思うのである。

　自然天然に美的生活をしている那美さんに着眼した画工は、那美さんの顔で足りなかった「憐れ」も観ずる。つまり、「用」の表出である「一点の趣味」が「憐れ」であること、この「憐れ」を解し得た画工の悟りの成就であると論者は思う。小説の終わりに至って離縁の亭主を見送る那美さんの顔から「憐れ」に接する。画工はこの瞬間、「真の画」を成就する。胸中の画面はこの咄嗟の際に完成されたのである。

　『草枕』が書かれるおよそ八年前の「春」を題にした漢詩をモチーフにして、「美しい感じ」を表出しようとしたこの作品は塵界を超越して、絶対の平等観を無私として樹立することを示している。小説の冒頭に表明している「霊台方寸のカメラに澆季涸濁の俗界を清くうらゝかに収め得」る境地を表しているのである。「方寸認微光」を認め、人情世界の多事からのがれ、「観心」を通じて非人情の世界を求め、無念無想の境を目指したのである。

　そして、漱石は、参禅の体験で与えられて解けなかった公案、
「父母未生以前本来の面目」への自分なりの解答を小説『一夜』で試
みたように『草枕』でも、「庭前柏樹子」、「趙州の無字(趙州狗子)」、
「風動幡動(非風非幡)」等の禅の公案を取り入れ、その答案を示し
ている。したがって、論者は、『草枕』は漱石の「求道小説」とし
て、禅による彼の精進と修行を表わした「公案小説」であることに
注意したいのである。

第四章
『野分』と「道心」

一. 文学者の使命感

　『草枕』の主人公を自分一人の画境を得るために非人情の世界を求めた消極的な態度であったと言うとすれば、『野分』の主人公白井道也は人情の世界に対して積極的な態度で力を尽くそうとする人物である。

　『野分』執筆の前の明治三十九年十一月九日、漱石は高浜清宛の書簡に、「正月には非人情の反対即ち純人情的のものがかきたい……」1)と表明している。しかし、注意すべきことは、ここで人情、非人情という風に意味分けをしていても、人間の本体を求める根本思想に変化はないことである。

　主人公の名が「道也」と設定されている通り、まず「道に生きる人物」として、その「道心」を描いたのが『野分』であると論者は思う。また、そういう意図で『野分』を書きはじめた時、また書いている期間中にも、漱石はこの小説を傑作にしたいという意志を手紙など

1)『漱石全集』第14巻、409頁。

に表明している。明治三十九年十二月九日の高浜清宛の手紙に、
「時あれば傑作にして御覧に入れるがさうも行くまい。廿一日の朝
には全部渡さなくてはいけませんか。」[2]と書いており、また同年十
二月十六日の書簡には、「小生只今向鉢巻大頭痛にて大傑作製造
中に候。‥‥‥今度の小説は本郷座式で超ハムレット的の傑作に
なる筈の所御催促にて段々下落致候残念千万に候」[3]と書いている
のがそれである。これら冗談口調の中にも漱石の本音が見えること
は否定できないであろう。

　こういう作意で明治三十九年十二月九日から書き始めた『野分』
は、同年十二月二十二日に完成して原稿を渡している。これには
『野分』に関しての漱石の愛着がうかがわれるが、果たして「傑作」
という本意は何であったろうか。それは、まず、当時漱石が重んじ
ていた思想である仏教、禅を本格的に取り扱おうとしたことに、そ
の「傑作」の意が置かれたのではないか。そして、その思想を基にし
て、彼の文学観と結びついた、文学者としての志を描いたのが『野
分』の作意の一つであると思う。この意志を当時の青年たちのた
め、彼等の未来のため貫徹しようとする。これが主人公道也の論
である。

　漱石のこのような志はよく知られたとおり明治三十九年十月二
十六日、鈴木三重吉宛書簡にも表明されている。

---

2) 前掲書、522頁。
3) 前掲書、526頁。

(前略)詩的に生活が出来てうつくしい細君がもてゝ。うつくしい家庭が［出］来ると思つてゐた。

(中略)然る所世の中に居るうちはどこをどう避けてもそんな所はない。世の中は自己の想像とは全く正反対の現象でうづまつてゐる。

そこで吾人の世に立つ所はキタナイ者でも、不愉快なものでも、イヤなものでも、<u>一切避けぬ否進んで其内へ飛び込まなければ何にも出来ぬといふ事である。</u>

只きれいにうつくしく暮らす即ち詩人的にくらすといふ事は生活の意義の何分一か知らぬが矢張り極めて僅少な部分かと思ふ。4)
(下線引用者)

このような言葉の根底には、当時の青年たちの悩みを意識した一種の教訓的な要素がある。それは『野分』を執筆する当時の背景になったとも思われる「現代青年の煩悶」をめぐる問題である。明治三十六年五月二十二日、第一高等学校の青年藤村操の投身自殺を契機に台頭した青年達の煩悶に対して明治三十九年五月一日の『読売新聞』に掲載された。これと共に、雑誌『成功』第九巻第二十九号に「現代思潮と青年煩悶」を始め、同年八月号の『中央公論』に「評煩悶救治策」、九月号の「煩悶と人生観」の記事などが相次いで掲載されている。こういうことから、漱石は同時代を生きる一人として、また、そのような青年の弟子を持っている教師として、重い責任を感じ、『野分』にそれを表明することになったに違いないと推

---

4) 前掲書、492頁。

測する。

　このように煩悶する青年達のために小説第十一章で主人公道也
は、「現代の青年に告ぐ」の演説をするが、その中で青年の理想に
関して次のように述べている。

　　「自己は過去と未来の連鎖である。
　　「すべての理想は自己の魂である。」
　　「魂は形がないからわからない。只人の魂の、行為に発現する所
　　を見て髣髴するに過ぎん。惜しいかな現代の青年は之を髣髴する
　　ことが出来ん。」
　　「理想は、諸君の内部から湧き出なければならぬ。5)

　青年たちに理想を持つべきことをいい、その理想は内部から湧き
出なければならないことを強調する。つまり、心奥からの真の願い
でなければならないと言う。当時の青年たちに現世に向かって積極
的に対応すべき態度を説くのである。その態度に対して、明治三
十九年十月二十六日の鈴木三重吉宛の手紙でさらにつづける。

　　草枕の様な主人公ではいけない。あれもいゝが矢張り今の世界
　　に生存して自分のよい所を通さうとするにはどうしてもイブセン流
　　に出なくてはいけない。(中略)
　　文学者はノンキに、超然と、ウツクシがつて世間と相遠かる様
　　な小天地ばかりに居ればそれぎりだが大きな世界に出れば只愉快を

5)『野分』『漱石全集』第2巻、790頁。

得る為めだ抔とは云ふて居られぬ進んで苦痛を求める為めでなくて
はなるまいと思ふ。(中略)僕は一面に於て俳諧的文学に出入する
と同時に一面に於て死ぬか生きるか、命のやりとりをする様な維新
の志士の如き烈しい精神で文学をやつて見たい。6)(下線引用者)

　「世間と相遠かるような小天地」である『草枕』の世界より、苦痛
があっても、大きな世界に出て現世に向かって、人のために全力で
進めなければならない、という使命感を持って文学者としての筆を
働かせたいのである。そこには生、死を超越する精神がある。この
精神は人のためにする天地である。即ち、「小我」を捨てて、「大我」
を選ばなければならないのである。この「大我」に関しては、後、大
正四年の「断片」に、「大我は無我と一なり故に自力は他力と通ず」7)
と書かれている。『野分』では、この精神を「道」に結びつけ、実現
すべく試みている。

二. 心の正体

　漱石の「道」に対する関心は、十代の少年時代の漢文からも感じ
取れるが、二十代に入ってはこの「道」の語を漢詩に取り入れてい
る。明治二十四年七月二十四日の正岡子規宛のはがきに書き込ん

---

6)『漱石全集』第14巻、492頁。
7)『漱石全集』第13巻、772頁。

だ詩のなかで、漱石はこの「道」の語を求道の意味として最初に用いている。

　　　御返事呪文

燬尽朱顔爛痘痕　　　朱顔を燬き尽くして痘痕爛る

失来軽傘却開昏　　　軽傘を失い来たりて却って昏を開く

痴漢悟道非難事　　　痴漢の悟道　難事に非ず

吾是宛然不動尊　　　吾れは是れ　宛然　不動尊　（下線引用者）

　この詩の題に見える「呪文」は、先だつ七月十八日、子規宛の書簡、「昨日眼医者へいつた所が、いつか君に話した可愛らしい女の子を見たね、――天気予報なしの突然の邂逅だからひやと驚いて思はず顔に紅葉を散らしたね丸で夕日に映ずる嵐山の大火の如し其代り君が羨ましがつた海気屋で買つた蝙蝠傘をとられた」に対する子規の返事文で、これに関して漱石が「大兄の呪文を三誦して悟りたる境界に御座候」[8]と附したものである。

　こういう事情から作られた漢詩に「悟道」の語を用いたのである。これには当時、ごく常識的に「道」を「悟る」ということは難事であると思っていた漱石の意向が見られる。当時の漱石の周囲には、日本近代の禅匠の傑人の一人である今北洪川老師の会下にあった菅虎雄、米山保三郎などの友人がいた。このような禅修行を行じて

---

8)『漱石全集』第14巻、29頁。

いた友人たちからすでに「禅」、「道」、「悟り」、「解脱」などについては親しく聞いていたに違いない。そして、漱石はそれに達するのは難事であると思っていながら、同時に心は引かれ、深い関心を持っていたのであろう。明治二十三年一月の子規宛の書簡に、禅修行に夢中であった米山に関して、「米山は当時夢中に禅に凝り当休暇中も鎌倉へ修行に罷越したり山川は不相変学校へは出でこず……」[9]と書いている。

　漱石はこうした状況の中で、自分には難事であると思っていた「道」への「悟り」のことを漢詩に書き込んだのであり、言い換えれば、この頃から「道」への思いが積極的になったのであろう。そして実際、この「道」の実現のため、明治二十六年、二十七年にはとうとう鎌倉まで参禅に行くことになる。この参禅で悟り、解脱の境は得られなかったが、「道」を求める願望は漱石の心の奥に座し続けたのである。明治二十九年十月十五日の漢詩には、「道心」に関する表現が現れている。

　　　　無　題

　　茯苓今懶採　　　茯苓　今は採るに懶く
　　石鼎那烹丹　　　石鼎　那んぞ丹を烹ん
　　日対霊芝坐　　　日に霊芝に対して坐し
　　道心千古寒　　　道心　千古に寒し(下線引用者)

---

9) 前掲書、14頁。

　この詩に対する概説は第一章で述べたとおり、「道心」は道を求める心、悟道の心を意味している。茯苓を採り丹を煮て仙人になろうとする気はないが、毎日霊芝に向かって坐していれば千古の道心に触れるという内容どおり、求道への切実な思いを吐露している。漱石の漢詩の中で二番目に、鎌倉参禅体験の後では初めて「道」の語が現れた詩である。

　未来へ向かって永遠に「道」への心を寄せる感懐を籠めた詩で、『野分』にもこのような思想を展開しているのである。その道を守る方針で、売れるあてもない「人格論」を道也は全力で書いている。第三章ではそのような道也を描いている。

　　　此物質的に何等の功能もない述作的勢力の裡には彼の生命がある。彼の気魄が滴々の墨汁と化して、一字一劃に満腔の精神が飛動して居る。此断篇が読者の眼に映じた時、瞳裏に一道の電流を呼び起して、全身の骨肉が刹那に震へかしと念じて、道也は筆を執る。吾筆は道を載す。道を遮ぎるものは神と雖とも許さずと誓つて紙に向ふ。誠に指頭より迸つて、尖る毛穎の端に紙を焼く勢気あるが如き心地にて句を綴る。白紙が人格と化して、淋漓として飛騰する文章があるとすれば道也の文章は正に是である。10)

　　　　　　　　　　　　　　　　　　　　　　　（下線引用者）

　文学者道也は、自分の筆先で道を論じ、それが読者に感興を与え、そして「瞳裏に一道の電流を呼び起こ」すため、全身で一字一

---

10)『野分』前掲書、681頁。

字を書く。「人の為めにする天地」を実践するためである。

　道也は、人間は「道」に従うより他にやり様がないものであると、その願望を高柳に語る。なぜなら、「人間は道の動物であるから、道に従うのが一番貴い」ことであるからといって、その志を明らかに認識させ、「道に従う人は神も避けねばならん」と表明している。

　この「道」は「道徳」とかかわりあうことになる。漱石の言う道徳とは、真に拘泥の煩を払って、できるかぎり人々を拘泥から解脱に近づくようにすることである。したがって、道徳は、「有道の士をして道を行はしめんが為めに、吾人が之に対して与ふる自由の異名である。」[11]といっている。世に言う倫理道徳でないこの大道徳を解することができないものが俗人であると断言して、大道徳理解の必要性を明確に示唆している。即ち、光明より流れ出づる趣味を現実化すること、趣味を実現するために拘泥されないこと、拘泥されない方法には解脱の便法として方便門が必要であること、これらを成し遂げるには、「道」を重んじてそれを守ることと説いている。

　道也は「現代青年に告ぐ」の演説で、青年たちに自己とは何かと考えるべきこと、更にその自己には理想がなければならないといっている。そしてその理想は魂、つまり内部から湧き出るものでありながら、同時に「道」に従うべきものであると言っている。

　　「理想のあるものは歩くべき道を知つてゐる。大なる理想のあるものは大なる道をあるく。迷子とは違ふ。どうあつても此道をある

---

11) 前掲書、704頁。

　かねば已まぬ。迷ひたくても迷へんのである。魂がこちらへこちら
へと教へるからである。」(中略)
　　「諸君は道を行かんが為めに、道を遮るものを追わねばならん。
彼等と戦ふときに始めて、わが生涯の内生命に、勤王の諸士が敢
えてしたる以上煩悶と辛惨を見出し得るのである。12)

　理想そのものは「内生命」から湧き出てくるものである。その「内
生命」を認知して煩悶を放つべきことであると、道也は時代的な使
命感を持って力説をする。道也は文学者であるが、物質的な力に
支配されているこの世に対して「道」の力を打ち立てようとする志を
持っている。「動くべき社会をわが力にて動かすが道也先生の天職
である。高く、偉いなる、公けなる、あるものの方に一歩なりとも
動かすが道也先生の使命である」といい、高柳は自分の志を道也に
近づける。
　しかし、中野と音楽会に行った高柳は、まわりの人々の娯楽的
な動きを見て、食うか食わないかの状態の自分と、「道」に従いそ
れを天職と信じて動く道也先生との根本的な差を感じる。高柳
は、

　　和煦の作用ではない粛殺の運行である。儼たる天命に制せられ
て、無条件に生を亨ける罪業を償はんがために働くのである。13)
　　　　　　　　　　　　　　　　　　　　　　　　　(下線引用者)

---

12)　前掲書、799頁。
13)　前掲書、694頁。

と自評する。天命にしたがうより、「粛殺の運行」で天命に制せられて働くだけである。それで書きたいことも書けないのである。

ここで注意したいのは「天」、「天命」、「天職」などの語である。人間は「道」の動物であるからその「道」に従うのが一番貴い、だから「道」に従う人は神も避けねばならないという論から思うと、「道」の見地からすれば、神も微力なもののようである。天命、天から授かった「道」は、神の道とは次元が異なると説いているようだが、それはどういうことなのか。

明治三十八、九年の「断片」にそれが書かれている。

　　　×何が故に神を信ぜさる
　　　×己を信ずるが故に神を信ぜず
　　　×尽大千世界のうち自己より尊きものなし
　　　×自を尊しと思はぬものは奴隷なり。
　　　×自をすてて神に走るものは神の奴隷なり。神の奴隷たるよりは
　　死すること優れり。
　　　況んや他の碌々たる人間の奴隷をや。14)

これは、三十九、四十歳頃の漱石の宗教観を示していると思う。神にたよって生きていくのが他力本願であれば、自分で解決の「道」を求め歩んでいくのが自力本願である。漱石は神に自分の心身をまかせる奴隷的な他力本願をとらず、大千世界のあらゆるも

---

14)『漱石全集』第3巻、161頁。

のを「自分」から解することができる自力本願、そこに、漱石が禅
に入って行く理由もあると思う。他力というのも結局は自力ある故
に存在するものであるから、他力そのものも自力で解すべきであ
る。前に引いた「大我は無我と一ナリ故自力は他力と通ず」という
のが正にこれである。

　仏教の根本思想は、結局は自力で自ら「悟りの道」に向かうこと
であるから、決して神とか他の力、自分以外のものが悟らせてくれ
るのではないわけである。「即心即仏」というのがその意であり、釈
迦の宣言だとも言われる「天上天下唯我独尊」というのがその意味
である。

　このような見地から見ると『野分』に提示されている「道」の真相
が解されるであろう。また漱石は、この「道」を「愛」と関連させて
『野分』にその思いを説いている。その「愛」について次のように表現
している。

　　　愛は尤も真面目なる遊戯である。遊戯なるが故に絶体絶命の時
　　　には必ず姿を隠す。愛に戯むるゝ余裕ある人は至幸である。15)
　　　　　　　　　　　　　　　　　　　　　　　　　（下線引用者）

　人間界における愛は遊戯的なものである。そういう人物として作
者は中野という人物を描いている。中野の愛は世間的なものとし
て、女に対しても、友人に対しても「至高」なるものである。岡崎

───────────────
15)『野分』前掲書、735頁。

義恵は中野の恋愛と友愛に注目して「この一編の小説の結末はこの
愛の力の並々ならぬことを示唆するものゝやうである。」16)といっ
ている。が、漱石がいっている愛とは、恋愛、友愛に限ったもので
はなく、それを包容した大我なる愛であると思う。この大我として
の愛から一歩進めば、それは「悟り」に通じて行く。それゆえ作者は
また説く。

　　「愛は迷である。また悟りである。愛は天地万有を其中に吸収し
　　て刻下に異様の生命を与へる。故に迷である愛の眼を放つとき、
　　大千世界は悉く黄金である。愛の心に映る宇宙は深き情けの宇宙
　　である。故に愛は悟りである。」17)(下線引用者)

　愛は「迷」である故に「悟り」である。これは相対即絶対であると
いう仏教の道理と通じるといってよいであろう。愛は自己の我執か
ら生じる分別、拘泥、人情世界のあらゆるものを吸収することが
できる。だから愛は深き情けの宇宙である。その愛であるから、
「道」に近づく経路のすべてであり、それ故、「悟り」への導きであ
る。即ち、作者が述べている「拘泥」と「解脱」のことで、拘泥から
解脱を捕え、解脱に至るまでは拘泥を手がかりにすることである。
つまり、拘泥を拘泥として確実に観ずることができるならば、拘泥
から解脱することができるのである。

---

16) 岡崎義恵『漱石と則天去私』、宝文館出版株式会社、1980年3月20日、
　　127頁。
17) 『野分』前掲書、735頁。

　したがって、道也の愛は超世間的なものである。それは世俗の物質的なもの、精神的なものまで超越している。愛の根源が神であるとすれば道也の愛は、神の愛から尤も貴い境地を求める「道」である。深き情けの宇宙である愛は、場合によっては深き迷い、場合によっては高き悟りになる。

三. 解脱と拘泥

　漱石は明治三十九年十一月、松根東洋城と大森、池上の辺を散歩した時、八句の俳句を作るが、その中の一句に、「釣鐘のうなる許りに野分かな」がある。重い釣鐘を鳴らしつづける野分の威力が感じられる一句で、「死ぬか生きるか、命のやりとりをするような維新の志士の如き烈しい精神」で文学をやろうとした漱石の意志とともに、『野分』の性格を暗示しているようである。白井道也の世間を恐れず、前向きで行く態度と、釣鐘を鳴らしつづける野分とがどこかで、重なっている。

　三たび職を追われて東京に出て来た道也に対して作者は、「道也が追ひ出されたのは道也の人物が高いからである」と述べている。道也の人格は教育観と結び、教えるのは人格の修養に付随して人間の出来上がることにその目的を置いている。「人物が高い」というのは、「道」を大事にする道也の立場を語っているので、その「道」が一般には通用され難いために追い出されたと理解してよいだろ

う。道也は自分の行くべき「道」のために世間と対抗しながら自分
を貫いていこうとする。「道」を守るものは神より貴いというのが彼
の信念である。道也の「道」への志は、越後の中学校を追放される
とき、辞職する前の別れの言葉として生徒たちに表明されている。

　　「諸君、吾々は教師の為めに生きべきものではない。<u>道の為めに</u>
　　<u>生きべきものである。道は尊いものである。</u>此理屈がわからないう
　　ちは、まだ一人前になつたのではない。諸君も精出して、わかる様
　　に御なり。」18)(下線引用者)

　こういう思想は、道也にとどまらず、『心』のKの思想にも通じ
ている。「頑固な彼」、「Kは昔から精進といふ言葉が好」19)きで、
「道のためには凡てを犠牲にすべきものだと云ふのが彼の第一信
条」20)などと語られている。そしてこのKを語る「先生」も「道といふ
言葉は、……この漠然とした言葉が尊とく響いたのです」21)といっ
ている。しかし、尊い道を頑固に守ったKは道を得ずに生を閉じて
いる。こういう漱石の「道」への参究に対する信念とともに不安が道
也とKに表われているのであろう。
　道也が教室で別れの言葉を述べた時の弟子の一人であった高柳
周作は、こういう思想の持ち主である道也に共鳴して、後、東京

---

18)前掲書、659頁。
19)『こころ』『漱石全集』第六巻、196頁。
20)前掲書、249頁。
21)前掲書、196頁。

で接し合いながら自分の志をますます強固にすることになる。この高柳は道也に「先生は後世に名を残す御積りでやつていらつしやるんですか」と質問している。この質問に関して大泉政弘は、「世に認められるようになる、俗世に名を為そうという考えは、周作の内面を反映させているだけに彼の我を感じさせるものとなっているのではないだろうか。」22)といって、高柳周作に功名の欲があると述べている。しかし、小説は周作も道也に会うことを重ねるうちに、この世の物欲、名誉欲などには関心を置かずに前進する道也に感化されるという展開を持っている。高柳の質問に対して道也は次のように答えている。

　　　わたしは名前なんて宛にならないものはどうでもいい。只自分の満足を得る為に世の為に働くのです。結果は悪名にならうと、臭名にならうと気狂にならうと仕方がない。23)

　世間のことは無視して自分の「道」に向かって精進する道也の人生観をよく表現している。このような思想は当然、『野分』の書かれる前から見える漱石の人生観として理解すべきことで、それは彼の漢詩にも見出すことができる。たとえば明治二十三年九月の詩。

22)　片岡懋編著『夏目漱石とその周辺』新典社、1988年3月25日、40頁。
23)　『野分』前掲書、755頁。

　　無　題

漫識読書涕涙多　　　漫りに識る　読書　涕涙の多きを
暫留山館払愁魔　　　暫く山館に留まって愁魔を払う
可憐一片功名念　　　憐む可し　一片　功名の念
亦被雲烟抹殺過　　　亦た雲烟の被に抹殺過せらる

　この詩は漱石が箱根山に行ったとき得たもので、その解釈は第一章で述べた通りであるが、「憐れむべし一片の功名の念」は、世俗のことに執着する人間の欲として『野分』に語られているのである。
　後に、友人中野輝一から妙花園に花見に行こうと誘われたとき、高柳はこれを断って、次のように語る。

　「自然なんて、どうでもいゝぢやないか。此痛切な二十世紀にそんな気楽な事が云つて居られるものか。僕のは書けば、そんな夢見た様なものぢやないんだからな。奇麗でなくつても、痛くつても、苦しくつても、僕の内面の消息にどこか、触れて居れば夫で満足するんだ。詩的でも詩的でなくつても、そんな事は構はない。たとひ飛び立つ程痛くつても、自分で自分の身体を切つて見て、成程痛いなと云ふ所を充分書いて、人に知らせて遣りたい。呑気なものや気楽なものは到底夢にも想像し得られぬ奥の方にこんな事実がある、人間の本体はこゝにあるのを知らないかと、世の道楽ものに教へて、おやさうか、おれは、まさか、こんなものとは思つて居なかつたが、云はれて見ると成程一言もない、恐れ入つたと頭を下げ

　　させるのが僕の願なんだ。君とは大分方角が違ふ。」24)

　　　　　　　　　　　　　　　　　　　　（下線引用者）

　これは自然の否定、詩的でなくても構わないといって、一見『草枕』の世界とは対立するようであるが、「内面の消息」、「人間の本体」に触れようとする思想は、根本的に同じであると考えられる。これはあくまでも高柳の思想であるが、物質的、社会的な名誉を退ける道也と重なっている。中野に対して道也は、「批判される旧い型の文学者」であると評している。

　漱石は、明治三十八、九年の「断片」に次のようなことを記している。

　　○今人について尤も注意すべき事は自覚心が強すぎる事なり。自覚心とは直指人心見性成仏の謂にあらず。霊性の本体を実証せるの謂あらず。自己と天地と同一体なるを発見せるの謂あらず。自己と他と截然と区別あるを自覚せるの謂なり。此自覚は文明と共に切実に鋭敏なるが故に一挙手一投足も自然なる能はず。人々コセコセして鷹揚な人を見る事能はざるに至る。25)(下線引用者)

　直指人心見性成仏、霊性の本体の実証、自己と天地の同一体なることを知るべきであると望んでいた漱石としては、世間の人々があまりにも自分だけのことばかりを意識し、その我執に着して人間

――――――――――――――――――

24)『野分』前掲書、660頁。
25)『漱石全集』第13巻、170頁。

の本体を見失っているのを嘆いているようである。高柳の「人間の
本体はこゝにある」ということを知らせようとするのは、道也の「霊
性の本体」を実証せしめることになる。

　自己と天地とは別々であるという考え方、人の為のことより自己
中心的思考に対して嘆じているのである。漱石は直指人心見性成
仏の道理を説き、自己と天地の一如、つまり、物我一如の道理を
『野分』に描こうと考えたのであろう。

　この立場に立っている道也は、「己れの為めにする天地」に志を
置いている青年たちに向かって説く。自己と天地が同一体である
なら、それは自と他とが不二であり、主と客が一つであることであ
る。『野分』の第九章に次のように述べられている点に注意したい。

　　主客は一である。主を離れて客なく、客を離れて主はない。
　吾々が主客の別を立てゝ物我の境を判然と分割するのは生存上の
　便宜である。形を離れて色なく、色を離れて形なきを強ひて個別
　するの便宜、着想を離れて技巧なく技巧を離れて着想なきを暫ら
　く両体となすの便宜と同様である。26)(下線引用者)

　物と我を判然と区別するのは、この色相世界の中で生きていく
ための一つの便宜に過ぎないので、本当に物と我とが別々として存
在していると分別するのは正しくない。主と客が分別上で見ると
各々離れているようであるが、その本体は一つである。二つに区別

---

26)『野分』前掲書、768頁。

して見るのは「用」の道理である。その「用」の面だけに執着すれば、相対世界から離れることができないが、その本体を見抜くと、すべてが一如である絶対世界に接することができる。これが「体」の道理である。したがって、「用」を離れて「体」がなく、「体」を離れて「用」がない、「用」と「体」が不二である真理に逢着することになる。

　こういうのは漱石が鎌倉の参禅の時、「父母未生以前本来の面目」、「趙州の無字」の公案を授かり、これに対して老師釈宗演に答えた内容に即している。

　　　「物ヲ離レテ心ナク心ヲ離レテ物ナシ他ニ云フベキコトアルヲ見ズ」27)

　この答えが当時、理屈に落ちたものとして釈宗演に認定されなかったが、漱石には自分なりの見解として持ち続けていたらしい。「主」が人間の心の本体である「法身」であり、「客」が肉身の異名である「色身」であることで、漱石は、法身を離れて色身なく、色身を離れて法身を解すことができない道理を表明したのであると思う。
　また、『野分』で作者はつづけて述べる。

　　　一たび此差別を立したる時吾人は一の迷路に入る。只生存は人生の目的なるが故に、生存に便宜なるこの迷路は入る事愈愈深くして出づる事愈難きを感ず。

27)　村岡勇『漱石資料—文学論ノート』岩波書店、1976年、14頁。

　　独り生存の欲を一刻たりとも擺脱したるときに此迷は破る事が
　　出来る。[28)](下線引用者)

　説法のようなこの文は、主と客に対する差別相、物と我の差別
相、つまり、この分別は方便であることを覚らなければ、迷路に入
る。迷路に陥ったら出ることは難しい。それを打破するためには
「欲」を捨てることである。差別観を持っているから迷に入る、それ
が人間一般であると言っている。高柳はこの「欲」を除去すること
には力不足である。したがって、主客を一つに観ることが困難であ
る。この差別から超越する「道」を求めなければならない。やがて高
柳は道也のこの文章を目にすることになる。江湖雑誌に寄稿した
「解脱と拘泥」がそれである。これを読んで高柳は感動する。それで
道也を訪ね、文学について道也に説かれることになる。他の学問
と違う文学論に耳を傾ける。第六章である。

　　「ほかの学問はですね。其学問や、其学問の研究を阻害するもの
　　が敵である。たとへば貧とか、多忙とか、圧迫とか、不幸とか、
　　悲酸な事情とか、不和とか、喧嘩とですね。之があると学問は出
　　来ない。だから成可之を避けて時と心の余裕を得やうとする。」[29)]

　このような学問は道也が目指している文学とは大分距離があ
る。真の「道」を守るのには文学が近い。道也はついで述べる。

---

28)『野分』前掲書、768頁。
29) 前掲書、713頁。

　「文学は人生其ものである。苦痛にあれ、困窮にあれ、窮愁にあれ、凡そ人生の行路にあたるものは即ち文学で、それ等を嘗め得たものが文学者である。

　(中略)苦しんだのは耶蘇や孔子許りで、吾々文学者は其苦しんだ耶蘇や孔子を筆の先でほめて、自分丈は呑気に暮らして行けばいゝのだ抔と考へるのは偽文学者ですよ。そんなものは耶蘇や孔子をほめる　権利はないのです。」30)

　この内容は、『三四郎』のなかで広田先生のために「偉大なる暗闇」を書いた与次郎が、「新しい吾々の所謂文学は、人生そのものゝ大反射だ。文学の新気運は日本全社会の活動に影響しなければならない。又現にしつゝある。」31)と、語っているのとその意趣は同様である。

　つまり、道也の文学は人生すべてであること、その人生にかかわっているのが「解脱と拘泥」の問題であるということに注意される。道也はこの「拘泥」について、「自己が拘泥するのは他人が自己に注意を集注すると思ふからで、詰りは他人が拘泥するからである」といって、その発生根源を語っている。そして、この拘泥から解脱する方法を二通り提示している。その一つは、「他人がいくら拘泥しても自分は拘泥せぬ」32)ことである。人から冷評されても、拘泥せずに前向きで事を、意思を運んでいくこと、これが先であり、解

---

30)　前掲書、713頁。
31)　『三四郎』『漱石全集』第4巻、141頁。
32)　『野分』前掲書、702頁。

脱への道である。一言でいえば、世間の分別妄想に引かれずに勇
猛精進することである。「釈迦や孔子は此点に於て解脱を心得てゐ
る。物質界に重を置かぬものは物質界に拘泥する必要がないから
である」[33]と、道也は拘泥の因が人々の物質への執着から来ること
を指摘している。その二つ目の方法は「常人の解脱法である。常人
の解脱法は拘泥を免れるゝのではない、拘泥せねばならぬ様な苦し
い地位に身を置くのを避けるのである。」[34]といっている。この両
方法の解脱は根本義において一致することである。人間の本体を
解する「道」として「解脱」が必要不可欠であるならば、先ず、「拘
泥」の念を放つことである。現実から、物質的な要素から逃れ出る
のではなく、完全に超越することである。逃れ出るという事には、
まだ拘泥が作用しているからである。拘泥は避けなければならない
苦痛であるが、反面、避け難いものである。しかし、避け難いと
いって一生抱えて生きていくわけにはいかない。それに一つの方法
として道也は解脱法を提示している。

　第五章で、解脱こそ苦痛の世の中から生き抜ける便法であると
次のように説く。

　　解脱は便法に過ぎぬ。下れる世に立つて、わが真を貫徹し、わ
　が善を標榜し、わが美を提唱するの際、拖泥帯水の弊をまぬが
　れ、勇猛精進の志を固くして、現代下根の衆生より受くる迫害の

33）前掲書、702頁。
34）前掲書、702頁。

　　苦痛を委する為めの便法である。35)(下線引用者)

　「拖泥帯水」は禅語で見苦しい様子をいう。『碧巌録』第二則の
「趙州至道無難」の垂示に、「道箇仏字拖泥帯水、道箇禅字満面慚
惶。(箇の仏の字を道うも拖泥帯水、箇の禅の字を道うも満面の慚
惶)」36)とある。「拖」はひく、「帯」はかぶるの意で、仏だの禅だのと
言ったなら既にその本意を失ってしまうこととしてあげられている。
　解脱の仏教的な意は悟りの境を開くことで、拖泥帯水の弊を免
れて煩悩から解放され、完全な自由の境を得ることである。原始
仏教では、修行者の理想は煩悩を滅し尽くした阿羅漢の姿で、
戒、定、慧の三学と解脱と解脱知見の五分法身を備えることが必
須条件である。それに関して大乗仏教では、自己の解脱は衆生の
救済と共にあると考え、六波羅蜜の利他行が重視されている。そ
して、すべての法は「空」であり、解脱にも実体がない、それを悟り
で実践するところに解脱があるという。こういう見解から見ると、
確かに解脱は下根の衆生を救う便法である。
　「人の為めにする天地」と表明していることから思うと、当時の漱
石の仏教観は、自己の満足のためでなく、他人のために力を尽く
さなければならないという意思を持っていたらしい。それを『野分』
の道也に託して述べている。他人、つまり衆生のために働くべきで

---

35) 前掲書、702頁。
36) 山田無文著『碧巌録全提唱』第一巻、禅文化研究所、昭和60年11月30
　　日、95頁。

あるという思想は、大乗仏教的解脱観であり、それを文学に合致させ、文学者として文学を通じて一般の人々にその「道」を説こうと意図している。これが『野分』の道也の文学論であるし、人生の本体を捕える「道」であるといえる。

　そういう思想から真の「人格論」が生じる。解脱を修得する前に物事の核心を突いて、物事に対する拘泥から脱することが要求される。それから解脱に入る。その解脱の必要性、結果的に得るものに関して作者は第五章に次のように書いている。

　　彼等が貴重なる十年二十年を挙げて故紙堆利裏に兀々たるは、
　　衣食の為めではない名聞の為めではない、乃至爵禄財宝の為めではない。微かなる墨痕のうちに、<u>光明の一炬を点じ得て、点じ得たる道火を解脱の方便門より担ひ出して暗黒世界を遍照せんが為めである。</u>[37]（下線引用者）

ここで「光明の一炬を点じ得」るとは、悟りを開くこと、つまり解脱に至ることである。この解脱の光明を得て、娑婆世界、解脱に至っていない衆生を照らし導くためには、物質界を超えて真の自己の本体を体得しなければならないのである。この心の本体を捕えるためには、世間の物事に対する拘泥から解脱するのが当然のことであり、それに達するには「道」を守ることである。

---

[37] 『野分』前掲書、703頁。

四.「道心」の境

　「道」は尊いものである故、「道」のために生くべきものであるという信念を持っている道也は、「解脱と拘泥」の論文によってその意志を示している。この「道」への関心は、作者漱石の晩年まで貫いていたことでもある。

　明治二十四年の漢詩の「悟道非難事」、明治二十九年の「道心千古寒」の句から考察したように、青年時代から抱いていた「道」への志は、以後の漢詩、小説に絶えず現われている。そして、大正五年十一月、五十歳になって漱石は、二人の若い雲水が家に留まったことをきっかけにして書かれた書簡で「道」に関して新たな意志を表明している。

　　　　私は私相応に自分の分にある丈の方針と心掛で道を修める積です。気がついてみるとすべて至らぬ事ばかりです。38)（下線引用者）

　独りで禅修行をつづけ、その悟境にも接近することになった漱石の自信が見える内容である。そして歴代の禅師のような大道の境地に達したいという意が、この書簡の文尾に、「此次御目にかかる時にはもう少し偉い人間になつてゐたい」ということばになって、示されている。「もう少し」といった漱石の自信とともに、「自分の分にある丈」の「道を修める」ほどの意気が見られるのである。また、

38）大正5年11月10日の鬼村元成宛の書簡。『漱石全集』第15巻、602頁。

大正五年十一月十五日、禅僧富沢敬道宛ての書簡には、「変な事をいひますが私は五十になつて始めて道に志す事に気のついた愚物です。」[39]と書いている。これは、五十歳以前には道に志したことのないように見えるが、よく知られているとおり、禅家では「道」に達する事に関して、「悟得」を認定されるまでは注意深く謙遜に表するので、五十歳になって「道」に志すようになったという漱石の謙遜な言い方は禅僧に対する礼を表わす態度であると思われる。

　自分の「道」を修めて「会天行道是吾禅」(大正五年十月十二日の詩)の禅旨を表明してとうとう漱石の詩は、大正五年十一月十九日、死の直前の超然なる「道」の境地が表現されることになる。

　　無　題

　　　大愚難到志難成　　　大愚到り難く　志成り難し
　　　五十春秋瞬息程　　　五十の春秋　瞬息の程
　　　<u>観道無言只入静</u>　　　道を観るに言無くして只だ静に入り
　　　拈詩有句独求清　　　詩を拈りて句有れば独り清を求む
　　　迢迢天外去雲影　　　迢迢たり天外去雲の影
　　　籟籟風中落葉声　　　籟籟たり風中落葉の声
　　　忽見閑窓虚白上　　　忽ち見る閑窓虚白の上
　　　東山月出半江明　　　東山月出でて半江明かなり(下線引用者)

　晩年の漢詩については拙著『漱石漢詩と禅の思想』で述べているので、詳細は略すことにして、ここで大愚」は、仏教で言われる「無心道人」のことであると注目したい。すなわち、『野分』で表明されたとおり、「道の為めに生きべきもの」、「道は尊いもの」として、晩年の漱石は「無心道人」の心境で、「観道無言只入静」の境地にたどり着いたといえる。

　『野分』では既に見たように、

　　　「諸君は道を行かんが為めに、道を遮ぎるものを追はねばならん。彼等と戦ふときに始めて、わが生涯の内生命に、勤王の諸士が敢てしたる以上の煩悶と辛惨とを見出し得るのである。——今日は風が吹く。昨日も風が吹いた。此頃の天候は不穏である。然し胸裏の不穏はこんなものではない。」[40]

とも言われていた。「道」を遮るものを恐れることなしに、生涯、「道」のために進むべきであることを青年たちに告げているのである。世俗を離れて求めた『草枕』の非人情的な「道」が消極的、小我的であるというならば、世間の中で求める純人情的な『野分』の「道」は積極的であり、大我的であるといってよいであろう。その「道」は、重い釣鐘を鳴らしつづける野分のように漱石の生涯にわたって吹きつづけていた。

　このような「道」は、「人の為に」守らなければならないものとし

---

40)『野分』前掲書、799頁。

て、文学者である漱石は「文学は人生其物である」と明言し、その思想は晩年になって「好い小説はみんな無私です。」41)と言ったことばにまで連なっている。つまり、『野分』の「道」は、晩年になって表明した「則天去私」に帰着しているのである。「道を守るのは神より貴し」と宣言したように、「道」に対して、漱石がその生涯を通じて追求し続けていたことを我々は無視し得ないであろう。

---

41) 大正5年11月6日、小宮豊隆宛の書簡。「僕の無私といふ意味は六づかしいのでも何でもありません。たゞ態度に無理がないのです。だから好い小説はみんな無私です。……人間と人間との接触から出る味でなくつて、人生の経路の輪郭です。」と書いている。この手紙は死の一ヶ月ほど前のもので、小宮豊隆に送った最後のものである。

第五章
『三四郎』と「命根」

一. 三四郎の設定

　明治四十一年九月一日から十二月二十九日まで連載された『三四郎』は九州福岡から上京した三四郎という大学生を中心にして周りの人々の人物描写を一つの画幅に一々描き込むように展開していく物語である。

　『三四郎』は、漱石の小説の中でも恋愛小説として青春の物語に数えられるのが一般で、恋愛と失恋を取り上げた通俗的な小説のように評され、失敗作であるという評価すらある。

　このような世間の評価に関して、越智治雄は、「広く愛読されながら、なお評価の定まらぬ奇妙な作品である。一編の風俗小説として否定し去るのであれば、事は簡単であるが、そうするには多くの人をひきつける魅力が気になる。部分的に意味を取り出すのでは、統一のある総体としての『三四郎』という小説世界は無意味なものでしかなくなる。もちろん、『三四郎』に破綻をみ、作者漱石の計量の失敗を指摘することも不可能ではない。しかし、この作品

ははたしてそれほど無惨な失敗を露呈しているのであろうか。」1)と
述べている。しかし、従来の『三四郎』評には考え直すべき問題が
あると思う。それはただ単純な恋愛小説として読む作業ではなく、
漱石の作意をめぐる問題である。

　『三四郎』を一人の青年の恋の物語として読めば、三四郎があま
りにも消極的で、主人公としての迫力がない。冒頭で、三四郎が
上京の汽車のなかで出会った女性とのエピソードにその弱さが提示
されている。一人旅の女性に頼まれて名古屋で一緒に泊まること
になって、三四郎は蒲団の真中に仕切りを作って寝る。その結
果、翌朝改札口まで送ってきたその女性から、「あなたは余つ程度
胸がない方ですね」2)と、三四郎の弱点を指摘される。それで、三
四郎は、「二十三年の弱点が一度に露見したような心持であつ
た。親でもあゝ旨く言ひ中てるものではない。……」3)という。

　このように作者は、冒頭から三四郎という人物の弱さをまず読
者に印象付けておいて、その印象から段々色付けていく。つまり主
人公を根性のない男に設定して、周りの人物を用いて彼を成長さ
せていくのである。

　このような主人公を作者がわざわざ設定した点を、この論で主に
指摘したいのである。つまり、作者は主人公である三四郎の相手
になっている女性、美禰子を中心にして、作者が意図している思

　1）越智治雄『漱石私論』、角川書店、1971年、136頁。
　2）『三四郎』『漱石全集』第4巻、13頁。
　3）前掲書、14頁。

想を展開していく構成を取っていると論者は注目する。三四郎には、その意図に気づかれないようにして、自然に誘導される感じで、美禰子にその主導権を握らせている。

　この美禰子に関して、岡崎義恵は、美禰子の三四郎に対する態度が、かなり不可解であるといって、「漱石的女性の一特徴を示している」4)と述べている。が、不可解の正体については触れていない。何が不可解であるか、どのような面が美禰子の不可解な態度であるかが、この小説においての作者の主な意図であると思う。単純に男女の恋愛の次元を超えて、示唆しようとした人生の問題、つまり漱石は、人生とは何かという根本思想を小説全般に敷いているし、その問題を美禰子の言動を通して導き出していると思う。この論ではこういうところに焦点をおいて考察しようとする。

二. 三つの世界

　『三四郎』連載の前の明治四十一年八月十九日、この小説の「予告」が発表されている。その内容は、

　　　田舎の高等学校を卒業して東京の大学に這入つた三四郎が新しい空気に触れる、さうして同輩だの先輩だの若い女だのに接触して、色々に動いて来る、手間は此空気のうちに是等の人間を放す

---

4) 岡崎義恵『漱石と則天去私』、前掲書、165頁。

丈である、あとは人間が勝手に泳いで、自から波瀾が出来るだらうと思ふ。さうかうしてゐるうちに読者も作者も此空気にかぶれて是等の人間を知る様になる事と信ずる。もしかぶれ甲斐のしない空気で、知り栄のしない人間であつたら御互いに不運と諦めるより仕方がない。たゞ尋常である。摩訶不思議は書けない。5)

となっている。ここで明らかにされているのは、「この空気のうちに是等の人間を放す丈である」として、三四郎に中点がおかれず、その「新しい空気」の流れにより、「あとは人間が勝手に泳いで、自ら波瀾が出来る」ということ。そして、読者も作者もその空気にかぶれて、三四郎をめぐっている人間達を分かるようになる、というところがこの小説の中心テーマを示唆している。

　この予告どおり作者は、三四郎が自ら感じ得るように、美禰子を主にして三四郎を動かすが、このように彼を成長させる役割が美禰子であるといったら、三四郎と美禰子の関係を恋愛関係だけで見る読み方とはかなり距離があると思われる。

　まず三四郎は、東京という「新しい空気」の中で、自分の前に三つの世界があると認識する。第一の世界は、遠くにある母の所である。戻ろうとすればすぐに戻れるが、いざとならない以上は戻る気がしない過去である。「凡てが平穏である代りに凡てが寐坊気てゐる」立退き場のようなものである。第二の世界は学問の世界である。苔の生えた煉瓦造りの建物があり、積み重ねた書物、広い閲

　5)「『三四郎』予告」、『漱石全集』第11巻、499頁。

覧室がある。三四郎は上京の汽車の中ですでにこの世界を思い描
いている。

> 三四郎は急に気を易へて、別の世界のことを思出した。──是
> から東京に行く。大学に這入る。有名な 学者に接触する。趣味品
> 性の具つた学生と交際する。図書館で研究をする。著作をする。
> 世間で喝采する。母が嬉しがる。6)

　この第二の世界に入るものは、「現世を知らないから不幸で、火
宅を逃れるから幸である。」7)といい、きたない服装、貧乏な生計
をしていながらも「太平の空気を、通天に呼吸して憚からない」8)と
いう世界である。広田先生、野々宮君はこの内にいるし、三四郎
もその中の空気をほぼ解し得た所にいる。ここで、「現世を知らな
い」というのは、世間の様々な執着、そこから生じる欲心、煩悩な
どから逃れる意味であろう。ただ逃れるというのは、超越するとい
う意ではないので、この第二の世界も、勿論現世でありながら火宅
であることになる。
　したがって、火宅を逃れる第二の世界の次に来る第三の世界は
当然火宅である。が、第三の世界の説明に火宅のことは触れられ
ていない。第三の世界は三四郎にとって最も深厚な世界として表
現されている。

---

6)『三四郎』、前掲書、15頁。
7) 前掲書、86頁。
8) 前掲書、86頁。

第三の世界は燦として春の如く盪いている。電灯がある。銀匙があ
る。歓声がある。笑語がある。泡立つ三鞭の盃がある。さうして凡ての
上に冠として美しい女性がある。三四郎はその女性の一人に口を利い
た。一人を二遍見た。此世界は三四郎に取つて最も深厚な世界であ
る。此世界は鼻の先にある。たゞ近づき難い。近づき難い点に於て、
天外の稲妻と一般である。三四郎は遠くから此世界を眺めて、不思議
に思ふ。自分が此世界のどこかへ這入らなければ、其世界のどこかに欠
陥が出来る様な気がする。自分は此世界のどこかの主人公であるべき資
格を有してゐるらしい。それにも拘はらず、円満の発達を冀ふべき筈の
此世界が却つて自ら束縛して、自分が自由に出入すべき通路を塞いで
ゐる。三四郎にはこれが不思議であつた。[9](下線引用者)

　三四郎において第三の世界は、「燦として春の如く盪いている」
世界である。これが意味しているのは果たしてなんであろうか。第
二の世界と区別して燦として春の如くであるというのは、三四郎の
希望と未来が存在する世界だからである。第一、第二、第三の世
界が火宅であるのは同様であるが、第三の世界には三四郎自身が
主人公になれる余地がある。まだ何かに束縛されて路が塞がれてい
るが、やがて、この世界に自由に出入りができるはずであると三四
郎は感じている。今は近づき難いその世界にある、凡ての上の冠と
しての「美しい女性」の正体を捕えるのが、この世界の主人公にな
る道である。
　さて、「燦として春の如く盪いている」世界が三四郎にとって現

<hr>

9) 前掲書、86頁。

在、そして未来を意味するのならば、それは、眼にするあらゆる相対世界の異なる表現としてとらえることができる。それを遠くで眺める世界というのは、つまり、絶対世界の存在を暗示しているともいえる。また、自分がこの世界の主人公であるべきだというのは、その相対世界の主人公であること、すなわち絶対世界である法身の意味を与えている。森羅万象の主人公として受け入れてよいと思われる。その主人公はまだ、自ら束縛する執着がある、この世に飛び込んだばかりの人生だから自由に出入りができない事、つまり世俗の中で、絶対世界に接していないから、自分自らその出入りを塞いでいる状態になっている。

　そして、漱石はこのような構図の中に、「凡ての上に冠として美しい女性」を設定したのである。「凡ての上」、それは相対世界のすべて、つまり色相世界の上の絶対世界であり、「凡ての上に冠として美しい女性」とは、「法身」そのものの「現れ」として提示した象徴語であると論者は主張する。

　したがって、相対世界、絶対世界の両方の世界を認識しなければならないこの世界に三四郎が近づくのは容易ではない。その境地に立つのは、「天外の稲妻と一般である」といっている。すなわち、絶対境に入るのは刹那のことで、捕えるのが至難であることを意味していると思う。が、三四郎は自分がこの世界のどこかの主人公でなければどこかに欠陥ができるような感じはすでに持っている。というのは、この世の主人公が自分であるのは当然のことであるが、まだ、実感していないだけである。それを観眺して三四郎に自

覚させるように導くのが凡ての上の冠としての「美しい女性」で、この小説では美禰子がその座におかれているのである。

　「美しい女性」、つまり美人という言葉は、漱石の作品の中にしばしば登場している。そしてそれは象徴的な存在としての役割を果たしている。いずれも謎めいた姿で描かれているし、読者をして考えさせなければならない問題を提示していると思う。それは只の女として読み過ごしてすむような単純な問題ではない。女よりは人間、また人間の上に位置づけられているのである。それが『三四郎』のなかの「凡ての上の冠として美しい女性」であり、『一夜』の「涼しき眼の女」であり、『草枕』の「わけのわかつた女」等々である。この美人に対しては拙書にも論じたように、漱石の思想がよく現われている彼の漢詩からもうかがうことができる。「美人」の語が初めて登場しているのは明治二十二年九月二十日の漢詩である。

　　　無　題

　　　抱劒聴竜鳴　　　剣を抱いて竜鳴を聴き
　　　読書罵儒生　　　書を読んで儒生を罵る
　　　如今空高逸　　　如今　空しく高逸
　　　入夢美人声　　　夢に入る　美人の声

　この詩についてはすでに述べたとおりであるが、美人の声が超俗の高逸の境にあることを再度念を押しておきたい。また、明治二十七年の漢詩に再び美人が取り上げられている。

無　題

閑却花紅柳縁春	閑却す花紅柳縁の春
江楼何暇酔芳醇	江楼　何んぞ芳醇に酔うに暇あらん
猶憐病子多情意	猶お憐れむ病子多情の意
独倚禅牀夢美人	独り禅牀に倚りて美人を夢む

　この詩についても既に述べたが、不思議にも両詩共に、美人が夢と結び付いていることがわかる。漱石の二十三、二十八歳の時で、その時期までは、まだ、願望している絶対境に接していないこと、それが実現するまでは夢として漱石の心に潜んでいることがうかがわれる。あわせてこの詩には、絶対境を象徴している法身としての美人の存在が、「禅牀」によるものであることに再び注意したいのである。

　以上のように、漱石が美人を作品に設定することについては、彼の思想の根底にある人生の問題、禅の問題を表わすための一つの象徴語として理解してよいと思う。その思想の流れとしての『三四郎』の美人、美禰子に注意したいのである。

三．命根

　「火宅を逃れるから幸である」世界から、火宅を超越して自由に出入りができる希望を三四郎は見せている。では、この火宅は何

を意味しているのか。「火宅」については『草枕』第六章にも出ているのであげてみる。

　　　踏むは地と思へばこそ、裂けはせぬかとの気遣いも起る。戴くは
　　天と知る故に、稲妻の米噛に震ふ怖も出来る。人と争はねば一分
　　が立たぬと浮き世が催促するから、火宅の苦は免れぬ。10)

　　　　　　　　　　　　　　　　　　　　　　　（下線引用者）

　このような「火宅」の典拠は、仏典から見出すことができる。『法華経』の「譬喩品」に、「三界安きこと無し、猶火宅の如し」11)とある。ここで、三界と、三四郎の三つの世界とが関連づけられるが、もしかすると漱石はここから設定したかも知れない。この世の中が、迷いと苦しみの世界であることを火のついた家のなかにいる苦しみに喩えている。三四郎の三つの世界、または過去、現在、未来の世界すべてが火宅であり、利害損得に追われ、限りない欲に包まれて、悩みつづけるのがこの世の中である。つまり煩悩の世界、娑婆世界である「火宅」から、真に超えるべきの課題があたえられる。
　この「火宅」のうちには死があり、因果があり、残酷な運命がある。田舎者の三四郎はこれらに直面する。ある日、大学の理学部で光の圧力を研究している野々宮の家へ行く。そして入院している

---

10)『草枕』『漱石全集』第2巻、453頁。
11)『法華経』上、岩波文庫、160頁。

野々宮の妹の所へ野々宮が行くために、三四郎は留守番を頼まれる。そこで三四郎は、死を見ることになる。鉄道で投身自殺した女の死である。これについて第三章に次のように書かれている。

　　座敷の微震がやむ迄は茫然としてゐた三四郎は、石火の如く、先刻の嘆声と今の列車の響きとを、一種の因果で結び付けた。さうして、ぎくんと飛び上がつた。其因果は恐るべきものである。12)
　　　　　　　　　　　　　　　　　　　　　　（下線引用者）

　石火の如く刹那の出来事に対して三四郎は人間の命を考える。生と死が瞬間の間に、異なる次元におかれることとして存在していることに恐怖する。生死は共存するのである。そして、三四郎はその生と死から因果と運命のことを引き出すことになる。漱石はこれに続けて次のように述べている。

　　三四郎の目の前には、ありありと先刻の女の顔が見える。其顔と「あゝあゝ……」と云つた力のない声と、其二つの奥に潜んで居るべき筈の無残な運命とを継ぎ合はして考へて見ると、人生と云ふ丈夫さうな命の根が、知らぬ間に、ゆるんで、何時でも暗闇へ浮き出して行きさうに思はれる。三四郎は慾も得も入らない程怖かつた。たゞ轟と云ふ一瞬間である。其前迄は慥かに生きてゐたに違ない。13)(下線引用者)

_____

12) 『三四郎』、前掲書、55頁。
13) 前掲書、57頁。

　ここで作者漱石は、人生において死の存在を読者にあまりにも強調している感じがする。が、それが作者の意図で、人生という空しさ、生と死の差、自分の身体でありながらも生と死を自由に去来することができない無力、それに因果と運命の恐ろしさを三四郎に感じさせ、それらから解放されるべきことを強く暗示しているのであろう。

　人生というのは、これほどはかないものであるか、丈夫そうな命の根は暗闇へ浮き出して、一体どこへ行くのであろうか。漱石はこのような「生死」、「命根」の問題をめぐって、後の漢詩にその心境を詠じている。明治四十三年十月の詩である。

　　　無　　題

縹緲玄黄外	縹緲たる玄黄の外
死生交謝時	死生　交ごも謝する時
寄託冥然去	寄託　冥然として去り
<u>我心何所之</u>	我が心　何の之く所ぞ
<u>帰来覓命根</u>	帰来　命根を覓む
杳窅竟難知	杳窅　竟に知り難し
孤愁空遶夢	孤愁　空しく夢を遶り
宛動蕭瑟悲	宛として蕭瑟の悲しみを動かす
江山秋已老	江山　秋已に老い
粥薬髩将衰	粥薬　髩將に衰えんとす
廓寥天尚在	廓寥　天尚お在り

高樹独余枝	高樹　独り枝を余す
晩懐如此澹	晩懐　此くの如く澹に
風露入詩遅	風露　詩に入ること遅し(下線引用者)

　生者必滅と死後に対する恐怖心が見えるこの詩には、人生無常を超克しようとする欲求が含まれている。「我心何所之(我が心　何の之く所ぞ)」は、「生死」と、その「命根」の実体になる心の去来処を把握したい願いが簡略に表現されている。まさに、三四郎が考え始めたそのものである。

　丈夫そうな「命の根」は一瞬にして暗闇の死へ向かってしまう。三四郎はこういうことを思いながら不図汽車で水蜜桃をくれた男を思い出す。「危ないと云ひながら、あの男はいやに落付いていた。……「世の中にゐて世の中を傍観してゐる人は此所に面白味があるかも知れない。」14)と、水蜜桃の男を評して、批評家であるという。世の中を傍観するというのは、仏教の言葉でいうと、「観法」である。相対世界の世の中を「観」ずることができれば、生死から来る様々な問題にも、苦しみもなく解脱することができるのである。漱石はこの観法の言葉の代わりに、「妙な意味に批評家と云ふ字を使つて見た」15)と表現している。

　その傍観者の一人に野々宮がいる。小説の中での野々宮の印象については、「仏教に縁のある相」16)で紹介されている。この小説で

---

14)　前掲書、58頁。
15)　前掲書、58頁。
16)　前掲書、26頁。

仏教とからめて紹介された人物は野々宮ただ一人である。妹の病院から帰ってきた野々宮は、三四郎から、死を見たという経験を聞いて、驚くほどの落ち付きを見せる。「それは珍しい。滅多に逢へない事だ。僕も家に居れば好かつた。死骸はもう片付けたらうな。行つても見られないだらうな。」17)と野々宮がいうのに対して三四郎は、「もう駄目でせう」と答えた。このような野々宮に対して次のような感想が述べられている。

　　　野々宮君の呑気なのには驚いた。三四郎は此無神経を全く夜と昼の差別から起るものと断定した。光線の圧力を試験する人の性癖が、かう云ふ場合にも、同じ態度であらはれてくるのだとは丸で気が付かなかつた。18)(下線引用者)

感情の揺れがなく、落ち着いた態度を示しながら無神経的に死を話す野々宮である。漱石がこのように仏教と縁がある相としての野々宮を、三四郎の身近に設定したのにも、三四郎をめぐって、仏教の思想、「観法」を必要とする禅の世界を描こうとする前提と考えられる。

　三四郎も死を見て、未来は自分も批評家的に存在することを考え出すことになる。漱石は、これを起点にして三四郎をして人生の大問題に足を踏み出させるように展開している。つまり、世間的

---

17) 前掲書、56頁。
18) 前掲書、56頁。

煩悩を傍観すること、「観法」を実行することとし、三四郎が行くべきの人生の道程を提示したのである。「観法」は禅において不可欠なものである。すなわち、これは、漱石が抱いている禅への接近を読者に抵抗無しにうまく描いているのであると言える。そして無残な運命と因果を超越すべきこともあわせて示唆している。

　生と死の問題を切実に考えたことがない三四郎は、この女の死を見て不安を感じ、「因果」の恐ろしさと無残な「運命」を感じる。この不安は、『それから』の代助にも与えられている。自己から隠蔽するためには、君子か、分別の足りない愚物になるしかないと考えた代助は何れでもない自分に対して不安を感じるのである。それについて次のように書かれている。

　　　其上彼は、現代の日本に特有なる一種の不安に襲はれ出した。其不安は人と人との間に信仰がない原因から起る野蛮程度の現象であつた。彼は此心的現象のために甚しき動揺を感じた。(中略)相互が疑ひ合ふときの苦しみを解脱するために、神は始めて存在の権利を有するものと解釈してゐた。19)(下線引用者)

　人間において根本的な不安は自らの信仰がないからであり、その不安から超越するためには解脱すべきであること。そして解脱するために、この世に置かれている色身を認識してその認識から絶対境を感じるのである。と、人生においての不安から脱する方法として

---

19)『それから』『漱石全集』第4巻、452頁。

信仰を提示した漱石は、『門』の宗助には、さらに不安感を与え、「運命」と「因果」の恐ろしさを再論する。宗助が因果の束縛の中で生きている運命を、『門』の第四章で示唆している。

　　　　父から臨時随意に多額の学資を請求して、勝手次第に消費した昔を思ひ出して、今の身分と比較しつつ、頻りに<u>因果の束縛を恐れた</u>。20)(下線引用者)

　つまり宗助の因果の恐れは過去から来ている。そして宗助一人だけでなく、御米にもそれが重なって、「真心ある妻の口を藉りて、自分を翻弄する<u>運命の毒舌の如く</u>に感ぜられた。」21)(下線引用者)と述べており、また、御米も、「<u>動かしがたい運命の厳かな支配</u>を認めて、其厳かな支配の下に立つ、幾月日の自分を不思議にも同じ不幸を繰り返すべく作られた母であると感じたとき、時ならぬ、呪咀つ声を耳のそばに聞いた。」22)(下線引用者)と感じさせている。このような展開により、漱石はその実質的な方法として参禅を引き出すことになる。

　このように実質的な方法の参禅に至るまでの踏出しとして、三四郎が設定されたといってよいと思う。三四郎のそれは、「死」から考え始める。この死は、「凡ての上に冠として美しい女性」である美禰子の口によって再び登場する。そして、三四郎は更に深刻に考

20)『門』『漱石全集』第4巻、657頁。
21) 前掲書、659頁。
22) 前掲書、771頁。

えることになる。「仏教に縁のある相」の野々宮と美禰子との対話からうかがうことができる。

　　「そんな事をすれば、地面の上へ落ちて死ぬ許りだ」(野々宮)
　　「死んでも、其の方が可いと思ひます」(美禰子)
　　「尤もそんな無謀な人間は、高い所から落ちて死ぬ丈の価値は充分ある」(野々宮)
　　「残酷な事を仰しやる」(美禰子)23)

　これは、菊人形を見に出かけようとして広田先生の家に集まった場面で交わされた対話である。この話を耳にした三四郎は、広田先生、よし子、野々宮、そして美禰子の四人づれの後を追っかけながら「一団の影」を高い空気の下に認める。

　　四人は細い横町を三分の二程広い通の方へ遠ざかつた所である。此<u>一団の影を高い空気の下に認めた時、三四郎は自分の今の</u>生活が、熊本当時のそれよりも、ずつと意味の深いものになりつゝあると感じた。曾て考へた三個の世界のうちで、<u>第二第三の世界は正に此一団の影で代表されてゐる。影の半分は薄黒い。半分は花野の如く明らかである</u>。さうして三四郎の頭のなかでは此両方が渾然として調和されてゐる。24)(下線引用者)

―――――――――――――――――

23)『三四郎』、前掲書、120頁。
24) 前掲書、122頁。

　この一節は、三四郎にとって重要であると言える。「観」の意味
が与えられた「傍観」者としての批評家になりつつある三四郎を表現
しているからである。遠ざかった所に、四人を高い空気の下に置か
れている一団の影として観ずることになったのがそれである。そし
てその影の半分から薄黒いものを、半分からは花野の如く明らかな
るものを観じた、つまり、死と生の共存している現世である第二第
三の世界を見たのである。薄黒い影が「死」であり、花野の如く明
らかな影が「生」として三四郎は受け入れたのである。

　丈夫そうな命の根が、知らぬ間に暗闇の死へ移ってしまう火宅
を観たのである。三四郎はまた不安を感じる。この死はいつかは自
分にも訪れる問題である。漱石はこういう展開に次いで、次のよう
に三四郎の心境を描いている。

　　　自分も何時の間にか、自然と此経緯のなかに織り込まれてゐ
　　る。たゞそのうちの何処かに落ち付かない所がある。それが不安で
　　ある。歩きながら考へると、今さき庭のうちで、野々宮と美禰子が
　　話してゐた談柄が近因である。三四郎は此不安の念を駆る為め
　　に、二人の談柄を再び剔抉出して見たい気がした。25)(下線引用者)

　落ちつかない自分、不安な自分であると思う三四郎は、その原
因が「死」であることを思い、その不安を解決するためには、落ち付
いている二人の「死」に関する話を再び察してみようとする。一団の

---

25) 前掲書、122頁。

影は現世である。その中には生死が厳然と共存するのである。

この「死」について坂口曜子は、「死への、あるいは前近代への溯行願望は作者自身のものである。」26)と書いている。しかし、漱石の死に対する観点は、『坑夫』で、「本当に煩悶を忘れる為には矢張り本当に死なゝくつては駄目だ。但し煩悶がなくなつた時分には、又生き返り度なるに極つてゐるから、正直に理想を云ふと、死んだり生きたり互違にするのが一番よろしい。」27)と示しているように、溯行願望というよりは、求道者の一人として絶対境に比するものとしての死であるといえよう。

「凡ての上に冠として美しい女性」である美禰子は冷淡に死を語る。その美禰子の最初の登場は池を前に、横に日の光を透しながらまぶしく三四郎の前に現われている。

冷淡に死を語る人物としては『行人』のお直もあげられる。平生から落ちついた女としてはじめから運命なら畏れないという宗教心を持って生まれた女であるお直は、次のように死を語っている。

　　「妾死ぬなら首を縊つたり咽喉を突いたり、そんな小刀細工をするのは嫌よ。大水に攫はれるとか、雷火に打れるとか、猛烈で、一息な死に方がしたいんですもの」28)

---

26) 坂口曜子、『魔術としての文学・夏目漱石論』、株式会社沖積舎、1990年12月、22頁。
27) 『坑夫』『漱石全集』第3巻、480頁。
28) 『行人』『漱石全集』第5巻、512頁。

　このような死についての大胆さは『草枕』の那美にも見られる。彼女は池をめぐりつつ自分の死を語っている。

　　「画にかくに好い所ですか」(余)
　　「身を投げるに好い所です」(那美)
　　「身はまだ中々投げない積りです」(余)
　　「私は近々投げるかも知れません」(那美)
　　(中略)
　　「私が身を投げて浮いて居る所を——苦しんで浮いてる所ぢやないんです——やすやすと往生して浮いて居る所を——奇麗な画にかいて下さい。」29)

　那美は池に身を投げて死んでいる場面を画にせよという。『三四郎』の美禰子も画になる。この「美人」と「画」の問題は後に述べることにする。死に冷淡なるところに美禰子と那美とは共通点を持っている。これらの点のみならず、『草枕』と『三四郎』はその他にも相通ずるところが多い。これらのことを考えると、漱石は『草枕』への導入として『三四郎』を書いたのではないかと思われる。
　美禰子は高いところが好きな女である。白い雲が好きな女である。このことは美禰子を「凡ての上に冠として」の存在として確立させる要素になる。この構図は漱石の願望である禅境を表現している漢詩にも見られる。漱石が禅境として白雲郷を詠じたのがそれで

---

29)『草枕』『漱石全集』第2巻、495頁。

あり、高いところとしては晩年の思想にまでなった「天」があげられる。その思想が始めて詩に現われているのが、明治二十二年『木屑録』のなかにおさめている漢詩十四首中の一首である。

　　無　題

　　脱却塵懐百事閑　　　塵懐を脱却して百事閑なり
　　<u>侭遊碧水白雲間</u>　　　<u>侭ま遊ぶ碧水白雲の間</u>
　　仙郷自古無文字　　　仙郷　古<small>(いにしえ)</small>より文字無し
　　不見青編只見山　　　青編を見ず只だ山を見る。（下線引用者）

　白雲郷は悟った人の住む仙郷として寒山の詩に多く出る言葉である。「仙郷自古無文字」からも分かるように、不立文字が禅家の言葉であることは言うまでもない。この詩以後、白雲は漱石の漢詩に多数用いられている。明治三十一年の詩には、「遐懐寄何処、緬貌白雲郷（遐懐　何の処にか寄せん、緬貌たる白雲郷）」とあり、明治三十二年の詩には、「人間固無事、白雲自悠悠（人間　固より無事、白雲　自から悠々）」とある。また、高いところの雲に関しては明治三十一年三月の詩に、「孤愁高雲際、大空断鴻帰（孤愁高雲の際、大空　断鴻帰る）」とあり、明治三十三年の詩に、「詩成投筆蹣跚起、此去西天多白雲（詩成って筆を投じ蹣跚として起つ、此を去って西天白雲多し）」などがある。これら以外にも多数あるがここでは略することにする。しかし、前述の美人に関する考

察で論じたように、漱石の美人の象徴的な意味として、絶対境を表わしていることを考えてみると、漱石が、美禰子に設定している白い雲の意趣は明らかだと言えよう。

四．美禰子と空

　以上のように、美禰子は三四郎を絶対境に導く化身として設定されていると考えることができる。四人連れと菊人形を見に行った三四郎は一人の迷子に出会う。迷子は泣きながら人々の袖の下を右に行ったり左に行ったりうろうろしている。作者はこの場面を不可思議の現象であると述べている。30)迷子は巡査の手に渡される。そして美禰子と三四郎はその群れから抜け出す。この時、三四郎は美禰子の目から不可思議な霊の疲れを見る。

　二人はまた空を、白い雲を、高いところを眺める。美禰子には苦痛に近き訴えと「霊の疲れ」31)があり、「空は濁つて」32)いる。ここで三四郎は空が濁ったという言葉を始めて聞いたという。こういう霊の疲れがある美禰子と一緒に「安心して夢を見てゐる様な空模様だ」33)と三四郎はいう。これに「動く様で、なかなか動きませんね」34)と美禰子が応じる。これらは何を意味しているか。

---

30)『三四郎』、前掲書、125頁。
31) 前掲書、127頁。
32) 前掲書、131頁。
33) 前掲書、132頁。

　まず、この「空」の様子の表現に注意したい。空は濁った状態
で、雲は動くようで、なかなか動かない、しかし三四郎は呑気に、
そのような空の模様を見ている。ということから推量できるのは、
まだ内面的に未熟な三四郎、美禰子から「霊の疲れ」を見抜くほど
の成長はあるようだが、なかなか眼に見えるほどではない。だから
「濁つている空」と表現されるべきであろう。「動く様で、なかなか
動きませんね」という美禰子の気配りの心情がうかがわれる。この動
かない雲については、明治四十三年九月の漢詩にも書かれている。

　　無　題

　　仰臥人如唖　　　仰臥　人　唖の如く
　　黙然見大空　　　黙然　大空を見る
　　<u>大空雲不動</u>　　　<u>大空　雲動かず</u>
　　終日杳相同　　　終日　杳かに相い同じ(下線引用者)

　この詩で表現されている大空に動かない雲の場面は、まさに三四
郎と美禰子が見ている空の模様そのままである。三四郎は、ま
た、このような空を見た感想を「かう云ふ空の下にゐると、心が重
くなるが気は軽くなる」[35]といっている。何故心が重いのであろう
か。三四郎の心の中には、明確でない「死」の問題、「運命」の問題

34）前掲書、132頁。
35）前掲書、132頁。

が潜んでいるわけなのである。これを言う前に美禰子は濁っている
空を眺め、重い三四郎の心を感知しているように「重い事、大理石
のように見えます」と、すでに言っている、一歩進んでいる美禰子
の態度が注目される。この論の前半ですでに述べたとおり、高い空
の白い雲に関しての二人の視点が考えられる問題である。この問題
はこの論の終わりの部分で続けて論じよう。

　「迷へる子」[36]という語をいった美禰子の顔を黙って眺めている
と、美禰子は「私そんなに生意気に見えますか」[37]と言う。この
際、今まで霧の中であった女が明瞭に出てくることになる。この場
面では、「二人の頭の上に広がつてゐる、澄むとも濁るとも片づか
ない空」[38]として、空の模様が表現されている。これと関連してす
ぐ思い出すのは「非明非暗」である。仏教でいう「仏性」、「法身」な
どの絶対境の表現としての「非明非暗」が空の模様として用いられ
ているのである。そして、凡ての上の冠としての女性、その絶対境
の象徴としての女が三四郎の前に明瞭に出てきたのである。霧の中
から明瞭に三四郎の前に出た女、澄むとも濁るとも片づかない
空、この関係を「非明非暗」、絶対境として、漱石はそのような道
理を念頭にして三四郎にそれを意図しているのではないか。

　燦として春の如く、現世の凡ての上の冠としての美しい女性
に、今まで考えたことのない苦痛と霊の疲れがあったのである。こ

36）前掲書、135頁。
37）前掲書、135頁。
38）前掲書、135頁。

れは相対即絶対の道理を語っているのである。前述の通り、漱石がすでに、一団の影に「薄黒い」面と、花野の如く「明らかな」面の共存を前提したことから思うと容易に理解できるであろう。凡ての上の冠としての美禰子であっても、苦と喜とが共存している。すなわち相対を離れて絶対を観ることはできないし、絶対を離れて相対が存することもできないからである。

　漱石はこのように美禰子を通して次第にそれに同化させ、三四郎の内面を豊かにする。三四郎はこの美禰子から「迷子」という語を聞かされる。菊人形を見に行った場から出た二人を、広田先生と野々宮が探すだろうという三四郎の話に美禰子が冷やかに口にした言葉である。

　　「なに大丈夫よ。大きな迷子ですもの」「迷子だから探したでせう」
　　と三四郎は矢張り前説を主張した。すると美禰子は、なほ冷やかな調子で、
　　「責任を逃れたがる人だから、丁度好いでせう」
　　「誰が？　広田先生がですか」
　　美禰子は答へなかつた。
　　「野々宮さんがですか」
　　美禰子は矢つ張り答へなかつた。
　　（中略）
　　其時三四郎は此女にはとても叶はない様な気が何所かでした。同時に自分の腹を見抜かれたといふ自覚に伴ふ一種の屈辱をかすかに感じた。39)(下線引用者)

　この対話から美禰子は始めて「迷子」という言葉を口にする。そして三四郎にその意味を教える。三四郎は美禰子から霊の疲れを見抜くまでにはなったが、まだこの「迷子」の意味には理解が届かない。この「迷子」について『野分』には次のように述べられている。

　　理想のあるものは歩く可き道を知つてゐる。大なる理想のあるものは大なる道をあるく。迷子とは違ふ。どうあつても此道をあるかねば已まぬ。迷ひたくても迷へんのである。魂がこちらこちらと教へるからである。40)(下線引用者)

　大なる道を知っていれば、魂の引導で迷わなくなるというこの説から見ると、『三四郎』ではどうなるであろうか。美禰子は自分を「迷子」であるといっている。そして三四郎もやはり「迷子」であることを葉書で示す。しかし、「迷子」の意味さえ分からない三四郎と違って、美禰子は自分が「迷子」であることをすでに分かっており、三四郎にそれを教えている。正に魂がこちらこちらと教えるように。
　「迷子」の語が美禰子の口から出される前に、菊人形を見に行った場面で乞食と共に、現実の目の前にこの迷子が登場している。「迷子」の英訳に当たる「迷へる羊」のstray sheepは、一匹の迷える羊の意味を持っている。41)

39)　前掲書、145頁。
40)　『野分』『漱石全集』第2巻、797頁。
41)　福原麟太郎『夏目漱石』、118頁、124頁。直接には聖書にある言葉ではなく、十八世紀のフィールディングの『トム・ジョーンズ』と、十九世紀のブラウニングの『男たち女たち』のなかにある言葉であるとされる『マタイ伝』

　岡崎義恵はこれに対して、「「迷羊」につきまとう好意と愚弄との交錯する世界から、三四郎は十分に抜け出し得なかった。三四郎をして思い迷わしめるのが美禰子の本質、この女の本心をつかむことのできない迷路」[42]といっている。しかし、では、なぜ美禰子が三四郎をして思い迷わしめるのか、の問題に対しては岡崎義恵は触れていない。これは実に重要な問題であり、『三四郎』を理解するために欠かせない問題である。それは前に触れたとおり、美禰子は、三四郎の「内面が太くなる」過程での導きの役を持つ存在であるためである。それが美禰子の本質である。それを助けているのが「仏教に縁のある相」の野々宮であり、「偉大なる暗闇」の傍観者の広田先生である。

　「迷子」の語が出された場で、霧のなかから明瞭な女が出て来る。この際の空は、澄むとも濁るとも片づかない模様であった。女が卒然「ぢや、もう帰りませう」といったとき、空の様子がまた変わる。

　　　空はまた変わつてくる。風が遠くから吹いてくる。広い畠の上には日が限つて、見てゐると、寒い程淋しい。草からあがる地意気で身体は冷えてゐた。気が付けば、こんな所に、よく今迄べつとり

の十八章十二〜十三節には「百匹の羊を有てる人あらんに、若しその一匹迷はば、九十九匹を山に遣しおき、往きて迷へるものを尋ねぬか。もし之を見出さば誠に汝らに告ぐ、迷はぬ九十九匹に勝りて此一匹を喜ばん。」とある。
42) 岡崎義恵『漱石と則天去私』、172頁。

　　坐つて居られたものだと思ふ。自分一人ならうとうに何処かへ行つ
　　て仕舞つたに違ない。美禰子も――美禰子はこんな所へ坐る女か
　　も知れない。43)(下線引用者)

　このように美禰子と「迷える子」の話をめぐる場面から、「空」の
模様が変る如く、三四郎の内面の変化も動きつつあると言える。
つまり、消極的で呑気な人間から積極的に人生を知ろうとする人
間に変わっていくのである。
　「空」の象徴と共に「風」に関しても考えなければならない。空の模
様が変わり、それと共に「風が遠くから吹いてくる」と表現されてい
る。この風については第九章で、その意が明らかにされている。

　　斯う云ふ風の音を聞く度に、運命といふ字を思ひ出す。ごうと
　　鳴つて来る度に竦みたくなる。自分ながら決して強い男とは思つて
　　ゐない。44)(下線引用者)

　このように、三四郎にとって「風」は「運命」を象徴する。これか
ら歩まなければならない人生にその運命が、遠くから三四郎に近
寄ってくるのである。この運命とは美人の本体をつかむこと、つま
り絶対世界に接すべきことでもある。
　天の下の風と雲と、人間の多事に対して『三四郎』執筆から二年
後、漱石は漢詩にも作っている。明治四十三年十月、漱石が胃病

---

43)『三四郎』、前掲書、40頁。
44) 前掲書、52頁。

のため病床にいながら、人生の問題を彼の詩に表わし続けた時の一
首である。

　　無　題

　　天下自多事　　　天下 自ずから多事
　　被吹天下風　　　天下の風の被に吹かる
　　高秋悲鬢白　　　高秋　鬢の白きを悲しみ
　　衰病夢顔紅　　　衰病 顔の紅きを夢む
　　送鳥天無尽　　　鳥を送りて天尽くる無く
　　看雲道不窮　　　雲を看て道窮まらず
　　残存吾骨貴　　　残存吾が骨貴し
　　慎勿妄磨礱　　　慎んで妄りに磨礱する勿れ(下線引用者)

　これは「思ひ出す事など」の二十三章に記されているものである。
この詩に関しては第三章で詳しく調べることとして、この詩の前
に、「好意の干乾びた社会に存在する自分を甚だぎごちなく感ずる
からである」45)と書いていることから、人生というものに対して考
えている漱石が感じられる。そういうこの世間の「天下」で、雲を見
て「道」の窮まりないことを思う。三四郎が感じるべき人生の問題
であるし、漱石の追求している「道」でもある。「天」には後の「則天
去私」の思想がうかがわれるが、三四郎が女の死を見て運命の恐ろ
しさを感じたように、漱石は、現実で知らぬ間に死に近づいた自身

45)『漱石全集』第8巻、336頁。

を再認識して生死の問題についてさらに深く感じた事を表現している詩でもある。

　漱石は、美禰子が「迷子」を語る前にすでに菊人形を見に行った場所で実際の迷子を前触として設定しているように、「運命」に関しても、その前触れとして、小説の前半部の第三章で設定している。まず、三四郎は与次郎の提案で図書館に入ることになり、そこで手にした本の中の書き込みである。

　　　唯哲人ヘーゲルなるものありて、講壇の上に、無常普遍の真を伝ふると聞いて、向上求道の念に切なるがため、壇下に、わが不穏低の疑義を解釈せんと欲したる清浄心の発現に外ならず。此故に彼らはヘーゲルを聞いて、彼等の未来を決定し得たり。自己の運命を改造し得たり。46)(下線引用者)

　これらを見ると、まさに三四郎が行くべき未来を暗示していることがわかる。また、これは同時に作者の意図が婉曲に示されている部分でもある。漱石は、三四郎をして、「無常普遍の真」を伝える消息と共に、切なる「求道の念」で清浄心を発現すべきこと、それによって未来を決定することができる、したがって、「自己の運命を改造」することができるという意を明らかにしている。また、これが仏教語で書かれていることに注意して見れば、漱石の思想である禅により、その「運命を改造」すべき課題を果たしているようであ

────────────────

46)『三四郎』、前掲書、48頁。

る。小説の中では三四郎に与えるメッセージ的な文句であり、三四郎の運命を暗示する思想的な文句でもある。

　三四郎のこのような運命を伏線として示した作者は、次には野々宮の家での女の死をめぐる場面で、この運命が更に身近なものとして見させている。自殺した女の死骸を見て、三四郎は「人生と云ふ丈夫さうな命の根が、知らぬまに、ゆるんで、いつでも暗闇へ浮き出していき」そうな無残な運命を因果と結び付け思うことになる。そして、その運命というのが他人のものではなく、三四郎自分のものとして持たされる。再会した「凡ての上に冠として美しい女性」との出会いで、その「運命」が予示されるのである。同じく第三章である。

　池の女が立つてゐる。はつと驚いた三四郎の足は、早速の歩調に狂が出来た。其時透明な空気の畫布（カンワス）の中に暗く描かれた女の影は一歩前へ動いた。三四郎も誘はれた様に前へ動いた。二人は一筋道の廊下の何処かで擦れ違はねばならぬ運命を似て互ひに近付いて来た。47)

（下線引用者）

　三四郎と美禰子との擦れ違わねばならぬ運命は、この小説の中で、中心の筋になっている。女が一歩前に動くにつれて、三四郎も「誘われたように」前へ動くのが小説の核になっているし、三四郎の運命として暗示されているのである。勿論、このことは、前で述

---

47) 前掲書、65頁。

べたとおり三四郎の内面を豊かにする導きである。

　このように運命というものを漸次的に三四郎に反映して行く構造は、やがて三四郎自身が解決しなければならない問題として現れる。それが美禰子の口から出された「迷子」という謎である。美禰子が送った葉書に、二匹の「迷える羊」と共に悪魔の絵が描かれている。ここで「悪魔」が意味しているのは何であろうか。考えられるのは運命ではないだろうか。それは「迷える羊」をもっと迷わせる存在かも知れないし、反面、恐れて一刻でも早く「迷い」から抜け出すことを覚らせる存在かも知れない。つまり、三四郎がすでに目にした図書館の本の中の書き込みの内容である「自己の運命を改造」させ得るものとして、作者は暗示していて考えることができよう。

五.　与次郎と運命

　三四郎のこのような運命を考えるために欠かせないもう一人の人物が佐々木与次郎である。三四郎が第一世界から第二、第三の世界に足を踏み出してから、ずっと彼の身近に付き添っている人物である。彼は三四郎に世間の様々なことを知らせる役割を分担している存在だが、美禰子が相対世界の中で絶対世界を示唆している存在だとすれば、与次郎は絶対世界から現出した相対世界を示唆する存在だといえる。

　与次郎の登場する場面は、三四郎が運命に関して考えている第

三章であるが、この場面設定にも、作者の計算の緻密さが見える。そこで与次郎が教室の中で描いたポンチ画に、「久方の雲井の空の子規」と書いて三四郎に見せるが、この「雲」、「空」は三四郎の運命において重要な暗示的、象徴的な語であることは前述したとおりである。

　美禰子の場面では、刻々様相を変える空の変化が表現されていたが、与次郎との間では、明らかで「うつくしい空」が描かれている。第六章の学生集会所に行く二人の会話は次のようである。

　　「うつくしい空だ」と三四郎が云つた。与次郎も空を見ながら、一間許歩いた。突然、
　　「おい、君」と三四郎を呼んだ。三四郎は又さつきの話しの続きかと思つて、「なんだ」と答えた。
　　「君、かう云ふ空を見て何んな感じを起こす」
　　与次郎は似合はぬことを云つた。無限とか永久とかいふ持ち合せの答へはいくらでもあるが、そんな事を云ふと与次郎に笑はれると思つて、三四郎は黙つてゐた。
　　「詰まらんなあ我々は。あしたから、こんな運動をするのはもう已めにしやうか知ら。偉大なる暗闇を書いても何の役にも立ちさうにもない」
　　「何故急にそんな事を云ひだしたのか」
　　「この空を見ると、さういふ考えになる。――君、女に惚れた事があるか」
　　三四郎は即答なかつた。
　　「女は恐ろしいものだよ」と与次郎が云つた。48)

この対話は「空」に対する与次郎の考えをよく示している。美しい空を見て世間のことがつまらないと感じてしまう。広田先生を世間に引き出そうとする運動もつまらない世事である。即ち、相対世界の事々が妄心の仕業であることを、高くて「美しい空」と対比して語っている。そして集会が終わり帰る時も美しい空で、「二人は美しい空を戴いて家に帰る」49)と書かれている。

ところが、与次郎は、ここで女の話をする。一見、前の話と筋が違うようだが、この小説においても、美人は絶対世界の象徴であることはすでに考察したとおりである。空を見上げ、相対世界である現世のつまらなさを語った直後に出た語として無理ではない運びだと思う。

三四郎にお金を借りた事件から、与次郎は三四郎に美禰子との一種の絆を仕掛ける。家賃を払わなければならない三四郎にお金を返そうとして、与次郎は美禰子に頼み、美禰子はこの与次郎にお金を貸す事は貸すが、渡すのは三四郎に直接渡すという。この件で三四郎と美禰子は往来ができる。三四郎が、お金を借りるため、美禰子の家まで行った場面で美禰子は、「あなたは索引の付いてゐる人の心さへ中て見様となさらない呑気な方」50)と、三四郎を評する。

後、美禰子にお金を返そうとする三四郎に、仕掛けの本人であ

---

48) 前掲書、152頁。
49) 前掲書、159頁。
50) 前掲書、203頁。

る与次郎は「何時迄も借りて置いてやれ」51)といって、その関係を
延ばさせる。このお金のため、三四郎の内面にはずっと返すべきお
金と共に美禰子を意識しつづける事になる。

　ここで、お金が意味しているのは何であるか。いわゆる思いの種
であり、世間的には煩悩の象徴であるといえる。お金を返さなけれ
ばならないという意識は、煩悩から脱すべきだという観念と関連づ
けられるし、また、絶対境の象徴としての美人からお金を受けとっ
たという事は、禅家の公案のような、解決しなければならない一つ
の課題を負ったことと通じている。

　自分にこういう運命を与えることになった与次郎に関して三四郎
は次のように考える。第九章である。

　　　考へると、上京以来<u>自分の運命は大概与次郎の為めに製らへら
　　れてゐる</u>。しかも多少の程度に於て、和気靄然たる翻弄を受ける
　　様に製らへられてゐる。与次郎は愛すべき悪戯ものである。向後も
　　<u>此愛すべき悪戯ものゝ為に、自分の運命を握られてゐさうに思ふ</u>。
　　風がしきりに吹く。慥かに与次郎以上の風である。52)(下線引用者)

　このように、自分の運命を握っているような与次郎に対して、「和
気靄然たる翻弄」として受けている。つまり三四郎は「悪戯もの」の
与次郎に振りまわされながらも、嫌でない感情でそれを受けている

---

51) 前掲書、226頁。
52) 前掲書、239頁。

し、愛すべき親しみを感じている。三四郎のこのような心持ちについては、その前提として、小説の前半の第二章に、「現実世界はどうも自分には必要らしい。」53)とも、示されている。

　この受け入れ方は、三四郎が、苦であろうと楽であろうと現実に対する肯定的であることを示している。それ故、与次郎に自分の運命が翻弄されることが解かっても愛すべきものとして納得するのである。

　これは、この世に生まれた以上、死に至るまでは縁のあるあらゆるものに忠実であろう意志であり、森羅万象のすべてを認め、それに反することなく、順理に応じる道理を表明しているようである。まさに漱石晩年の「則天去私」を思い浮かばせる態度である。

　三四郎をして現世に振り回せる与次郎も、小説の後半の第十二章に至ってはついに、「運命に持つて行かれる」54)と、自分の口で運命を語っている。この与次郎がお金を媒介にして、三四郎と美禰子の関係を再び据えたのであるが、その展開は美禰子が握って引っ張り続ける。この運命に対して三四郎はさらに思う。

　　　三四郎は母から来た三十円を枕元へ置いて寐た。此三十円も運命の翻弄が産んだものである。此三十円が是から先どんな働きするか、丸で分からない。自分はこれを美禰子に返しに行く。美禰子がこれを受取る時に、又一煽り来るに極つてゐる。三四郎は成る

53)　前掲書、29頁。
54)　前掲書、298頁。

べく大きく来れば好いと思つた。<u>55)</u>（下線引用者）

　実に意味深い言葉である。漱石はこの部分で、小説全般の展開すべき方向、自分の意図するところを読者に再確認させるような気配りを見せているようである。お金の働きに、成るべく大きく一煽りが来ることを期待している三四郎は、運命の翻弄を快く受け入れる覚悟ができているのである。無根性、呑気者の三四郎が、かなりの自信を持つことになったのである。禅的にいえば、自分に与えられた課題、つまり公案をいかに妥結するかの問題であり、そしてすでに感じた因果の恐ろしさ、無残な運命が置かれているこの現世の煩悩から超越しなければならないという問題について、彼が積極的に解決して行こうとしていることを示唆しているといえる。

六．三四郎と迷子

　三四郎は四人連れと一緒に菊人形を見に行った場で、大観音の前にいる乞食に出会う。この乞食をめぐる四人の批評を聞いて、彼らが自分よりも広い天地の下に呼吸する都会人種であることを彼は悟る。また七つくらいの泣いている迷子に出会う。人々はこの女の子を見て同情はするが全部通り過ぎてしまう。作者はこれを不可思議な現象であると書いている。

55）前掲書、239頁。

　作者はなぜ、「乞食」と「迷子」を取りあげたのであろうか。この世の中、娑婆世界での人間そのものが「迷子」であり「乞食」であることを示唆しているのであろうか。

　『禅林類聚』に馬祖道一禅師は、達磨大師が中国に来て即心即仏の教えを説いた目的は何かを問われたとき、「小児の啼くを止めんが為めなり。」56) と答えた。泣く子供とは救いを待つ衆生だと考えてよいであろう。

　また、漱石は「迷子」とともに「火事」と「子供の死」の葬式を作品の中に設定している。これは『虞美人草』にも小野と藤尾をめぐる描写で取りあげられているので、引いてみることにする。

　　「藤尾さん」
　　「何です」
　　呼んだ男と呼ばれた女は、面と向かつて対座して居る。六畳の座敷は緑り濃き植込に隔てられて、往来に鳴る車の響きさへ幽かである。寂寞たる浮き世のうちに、ただ二人のみ、生きてゐる。茶緑の畳を境に、二尺を隔てて互いに顔を見合した時、社会は彼等の傍を遠くに立ち退いた。(中略)停車場では掏摸が捕まつてゐる。火事がある。赤子が生まれかかつてゐる。練兵場で新兵が叱られてゐる。身を投げてゐる。人を殺してゐる。(中略)
　　花の香さへ重きに過ぐる深き港に、呼び交はしたる男と女の姿が、死の底に減り込む春の影の上に、明らかに躍りあがる。宇宙

---

56) 釈宗演「人生向上の出発点」、『禅学大衆講話』所収、『釈宗演全集』第1巻、23頁。

　は二人の宇宙である。57)(下線引用者)

　ここに見られるのは、『三四郎』の第三の世界そのものであり、
「火宅」の描写である。「寂寞たる浮き世」がそれであり、そのうちに
「火事」があり、「赤子」があり、そして「死」がある。『虞美人草』の
「死の底に滅り込む春の影の上に、明らかに躍り上がる」世界が、
『三四郎』では「燦として春の如」き世界、その中での、「花野の如く
明らか」なものと「薄黒」きものとの一団の影としての、泣いている
迷子、死、火事、そして運命である。

　漱石はこれらの、「火宅」、「火事」、「子供」に対する話を『法華
経』の「譬喩品」によったと思われる。『法華経』によると、裕福な長
者がいて、門が一つしかない広大な家が火事で包まれた時、その家
の中で遊びに夢中であった子供を救うため、長者は方便を案出し
て、門の外に車がある、それで遊びなさい、と告げた。子供達はそ
れを聞いて、珍しい玩具があると信じて争って出てきて、無事に救
出されたとされている。

　この譬喩にあるように、生死のことを考えていない衆生のために
それを知らせ、「火宅」から逃れるべきことを示す、漱石はそんな課
題を持っていたのではないかと思う。

　生死を切実に考えたことのない三四郎はある日、広田先生を見
舞うと、先生が、『ハイドリオタフヒア』を貸してくれる。そのなか

---

57)『虞美人草』『漱石全集』第3巻、33頁。

の「寂寞の罌粟花を散らすや頻なり。人の記念に対しては、永劫に
価すると否とを問ふ事なし」[58]という句を見て三四郎は理解できな
かった。ただこれに対して次のように書かれている。

　　此一節の齎す意味よりも、其意味の上に這ひかゝる情緒の影を
　嬉しがつた。三四郎は<u>切実に生死の問題を考へた事のない男</u>であ
　る。考へるには、青春の血が、あまりにも暖か過ぎる。眼の前には
　眉を焦す程な<u>大きな火</u>が燃えてゐる。[59](下線引用者)

　眼の前で燃えている「大きな火」とは三四郎が立っている現世、
「火宅」であろう。この中で、切実に生死の問題を考えたことのな
かった三四郎は、子供の葬式を傍観の立場で見ることになる。し
かし、人の死については余処から見ることになったが、生に対して
はまだ傍観できない。

　　他の死に対しては、美しい穏やかな味があると共に、生きてゐる
　美禰子に対しては、美しい享楽の底に、一種の苦悶がある。三四
　郎は此苦悶を払ほうとして、真直に進んで行く。進んで行けば苦
　悶が除れる様に思ふ。苦悶を除る為めに一足傍へ退く事は夢にも
　案じ得ない。これを案じ得ない三四郎は、現に遠くから、寂滅の
　会を文字の上に眺めて、夭折の憐れを、三尺の外に感じたのであ
　る。しかも、悲しい筈の所を、快く眺めて、美しく感じたのであ

---

58)『三四郎』、前掲書、244頁。
59) 前掲書、246頁。

る。60)（下線引用者）

　死は余処から美しく見ることができるが、生きていることには一種の苦悶があるため、死者より生者が執着が起こりやすいし、煩悩妄想を消し難い故である。それを払うため真直に進んでいく。「寂滅」の意は、死の意味でもあるが、無為寂静の境地の意味でもあることに注意したい。生きている美禰子も余処から見ることができれば三四郎の内面も太くなるだろう。「画」にすれば客観的な眼を以てそれができるはずである。こういうわけか、美禰子は最後には画になって三四郎の前に立つことになる。

　漱石はいろいろなところで、美人の実体を解悟する一つの手段として「画」を取りあげている。美人をめぐる様々な角度を「画」に即して図っているのである。世俗を離れた非人情の世界、絶対境で悠々と画を得ようとしている『草枕』の画工の相手も美人である。その『草枕』の女、那美さんも池を背景にして、鏡の池に身を投げて浮いている所をきれいな画にかくことを希望している。

　『三四郎』でも美禰子は池を背景にして登場する。三四郎と美禰子が最初に会った池の辺の情景を後に画家原口が画にすることになるが。その情景は第二章に、次のように書かれている。

　　女のすぐ下が池で、池の向ふ側が高い崖の木立で、其後が派手な赤錬瓦のゴシツク風の建築である。さうして落ちかゝつた日が、

60）前掲書、246頁。

　凡ての向ふから横に光を透してくる。女は此夕日に向いて立つてゐ
た。三四郎のしやがんでゐる低い陰から見ると岡の上は大変明る
い。女の一人はまぼしいと見えて、団扇を額の所に翳してゐ
る。61)(下線引用者)

　漱石は所々で二人の立場を暗示的に書いているが、ここでは二
人の関係を明白に提起しているし、これから展開する内容も推量
できるように示している。

　それは、「大変明るい岡の上」に「光」と共に三四郎の前に現われ
た美禰子、それを「低い陰」に「しやがんで」見ている三四郎、この
対比的な構図が作品の性格及び方向を知らせていると言えるから
である。つまり、小説の冒頭当たりから前提として与えているこの
部分は、すでに述べた通り、三四郎の内面を太く成長させる導き
としての美禰子と、それに応じて引かれていく三四郎を鮮明にして
いるのである。そしてこの関係が小説の末部には一枚の「画」におさ
まるのである。

七. 森の女の画

　美禰子と明るい光の取り合わせは、二度目の出会いの病院の場
面にも「長い廊下の果が四角に切れて、ぱつと明るく、表の緑が映

---

61)『三四郎』、前掲書、29頁。

る上がり口に、池の女が立つてゐる。」62)(下線引用者)と繰り返さ
れている。二回の偶然の出会いまでは本格的な会話はないが、代
わりに明るい「光」が強調されている。この「光」の意味に関して思い
浮かぶのは野々宮である。作者が、「仏教に縁がある相」とわざと紹
介している野々宮、彼の研究しているのが「光」であった。とする
と、美禰子も仏教と縁があると暗示されていると読んでもよいので
はないか。或いは憶測に過ぎるかも知れないが、妙に思われる設定
であることは確かである。

　「大変明るい岡の上」に「光」と共に現われた美禰子は、後、「凡て
の上に冠として美しい女性」として座する。至極象徴的であり、一
貫性を保つ構成でもある。

　さらに作者は画の構図について次のように加わっている。

　　　ことに美禰子が団扇を翳してゐる構図は非常な感情を三四郎に
　　与へた。不思議な因縁が二人の間に存在してゐるのではないかと思
　　ふ程であつた。63)(下線引用者)

この不思議な因縁は、最初の出会い以来、病院の廊下での出会
い、そして広田先生の引っ越しの時などで重なっている。こういう
画の構図は、「あの女が団扇を翳して、木立を後ろに、明るい方を
向いてゐる所を等身に写して見様かしらと思つてゐる。」64)と原口

62) 前掲書、340頁。
63) 前掲書、185頁。
64) 前掲書、248頁。

が広田先生に説明しているが、それはまた美禰子の希望によるものであるという。これを聞いていた三四郎は原口の画室でその画を見てから、美禰子にたずねる。

> 「何時から取り掛つたんです」
> 「本当に取り掛つたのは、つい此間ですけれども、其前から少し宛描いて頂いてゐたんです」
> 「其前つて、何時頃からですか」
> 「あの服装で分かるでせう」[65]

　美禰子はこのように、三四郎と最初に会ったときであると明かしている。

　これと関連して見落とせないのが、広田先生の夢、一人の少女の話しである。

> 「(前略)夢の中だから真面目にそんな事を考へて<u>森の下を通つて行くと、突然其女に逢つた</u>。行き逢つたのではない。向は凝と立つてゐた。見ると、昔の通りの顔をしてゐる。昔の通りの服装をしてゐる。髪も昔の髪である。」[66](下線引用者)

「森の下を通つて行くと、突然其女に逢」ったというのは後、美禰子の画の題が「森の女」であることの示唆であるようであり、この

---

65) 前掲書、262頁。
66) 前掲書、281頁。

夢の話は、三四郎と最初に会った情景を画にして永遠に残す美禰子のことと、深い関わりがある内容である。何十年もの月日が経てば、三四郎も広田先生のような立場になってそのような話しをすることが予測される。否、二十年後の美禰子と三四郎のことかも知れない。広田先生の夢の話しは続く。

> 「(中略)それは何時の事かと聞くと、二十年前、あなたにお目にかゝつた時だといふ。それなら僕は何故斯う年を取つたんだらうと、自分で不思議がると、女が、あなたは、其時よりも、<u>もつと美しい方へ方へ</u>と御移りなさりたがるからだと教へてくれた。其時僕が女に、あなたは画だと云ふと、女が僕に、あなたは詩だと云つた。」[67](下線引用者)

もっと美しい方へ方へという言葉で即座に思われるのは、人間の限りない欲望、執着である。その欲望、執着を放下すべきことを、ここで注意させているようである。『一夜』の冒頭にあった「美しき多くの人の、美しき多くの夢を……」という文を思い出せるエピソードでもある。

既に考察したように漱石が設定する女は、女そのものより、絶対境の象徴としての役割を持っている。その女を「画」にするとは、三四郎に「観」の眼を与えることだと見てよいであろう。相対世界はその絶対から出ること、換言すると、法身の現われとしての色身

---

67) 前掲書、281頁。

であることで、色身の様々な「用」の道理により法身を悟ることができる。だからあらゆるものに仏性が具わるという道理から見ると、美禰子をその方便として三四郎に絶対世界を自覚させるのである。

八．囚われた心の解脱

　三四郎はお金を返すために美禰子の通っている教会に足を運ぶ。そして教会の前で美禰子が出るまで寒さの中で待つ。この場面は次のような情景が描かれている。

　　風が吹く。
　　空には美禰子が好きな雲が出た。
　　迷羊（ストレイシープ）。迷羊（ストレイシープ）。雲が羊の形をしてゐる。[68]

　これは三四郎が「迷羊」の意味に行き当たる前兆を示しているといえる。雲が羊の形になっているのを観ずることができたのである。そして、この羊の雲がある空の模様は、お金を返した時、明らかになる。この描写の後に美禰子が教会の中から出て来る。
　三四郎がお金を返しに行くと、最初、美禰子は受け取らない。三四郎がまだ「索引の付いた人の心」[69]さえ捉えられない、「迷羊」

68）前掲書、306頁。
69）前掲書、306頁。

の意味も理解しないことに、美禰子が不満だったからであるだろう。お金が人の煩悩、またそれから超越すべき禅的課題を象徴しているとすれば、それは納得できる。顔を洗って出直してこいと、三四郎は一喝を受けたわけである。が、二回目のこのとき、美禰子は素直に受け取る。すると、空の模様は変わる。

　　「ヘリオトロープ」と女が静かに云つた。三四郎は思はず顔を後へ引いた。ヘリオトロープの壜。四丁目の夕暮れ。迷羊。迷羊。空には高い日が明らかに懸る。
　　「結婚なさるさうですね」[70]（下線引用者）

　美禰子をめぐって空は、はじめは濁ったり、次は濁るとも澄むとも片付かない模様、そして風と共に変わりつつきた。が、お金を返してからは、羊の形の雲があった空には、「高い日が明らかに懸る」ことになった。これは実に、「迷羊」の意味も解け、美禰子からも解放され、彼女を余処から見ることになった三四郎の状態を現している。そして、一日の終わりを意味する「夕暮れ」が、美禰子との関係も一段落することを表現している。今までは美禰子に囚われ、余処から見ることができなかったのである。そのようであった三四郎が、第十章の子供の葬式の場面に示されていた。

　　三四郎は他の文章と、他の葬式を余処から見た。若し誰か来

---

70) 前掲書、306頁。

　　　て、序に美禰子を余処から見ろと注意したら、三四郎は驚ろいた
　　　に違ひない。三四郎は<u>美禰子を余処から見る事が出来ない様な眼</u>
　　　になつてゐる。第一余処も余処でないもそんな区別は丸で意識して
　　　ゐない。71)(下線引用者)

　他人の死に対しては余処から見ることができるが、生きている美
禰子に対しては、余処から見ることができない眼を持った三四郎で
あったのである。が、今はそれを傍観者として余処から観ずること
になったのでる。三四郎は、高い日が明らかに懸かっている空のも
とで、「結婚なさるさうですね」72)と、突然今までの「囚はれたる心
を解脱」73)したように超然と美禰子にいう。美禰子は二人の思い出
があるヘリオトロープの白い手帛を袂へしまってから、「御存じな
の」という。この時の美禰子は、

　　　二重瞼を細目にして、男の顔を見た。三四郎を遠くに置いて、
　　　却つて<u>遠くにゐるのを気遣ひ過ぎた眼付である</u>。其癖眉丈は明確
　　　落ついてゐる。74)(下線引用者)

という態度である。美禰子の方も三四郎を遠くに置くことになっ
て、霊の疲れのない落ちつきを確実に表わしている。ある面では導
きの役割を果たしたという意味にもなるのであろう。そうして、三

---

71) 前掲書、246頁。
72) 前掲書、157頁。
73) 前掲書、306頁。
74) 前掲書、306頁。

四郎に対する最後の言葉、「われは我が愆を知る。我が罪は常に我
が前にあり」75)を残す。三四郎は、この言葉をはっきり聞き取って
から下宿へ帰る。二人の場はこれで終わる。下宿には、「母からの
電報が来てゐた。開けてみると、何時立つとある。」76)という作者
の語りで二人の終わりを締めくくっている。二人の関係が終わる場
面でのこのような作者の言葉は、美禰子にお金を返したときの「夕
暮れ」と並んで、三四郎が第二、三の世界を一段落させて第一世
界の母の所へ立つという意味であろう。

　「われは我が愆を知る。我が罪は常に我が前にあり」、という言
葉は『旧約聖書』の『詩篇』第五十一篇第三節の句からの引用であ
る。この言葉に対して、大岡昇平は、「要するに美禰子さんは自分
がむごい事をしたことを一生忘れないという宣言でしょう。」77)と
解釈している。高木文雄は、「自己の過失を聖句に肩替わりさせる
ことで安心していられる『無意識的偽善』を批判するために使われて
いる。だから美禰子はこれを『聞き取れない位な声』で言った」78)と
いう見解である。

　しかし、この言葉を口にしたのは美禰子であるが、必ずしも美禰
子一人に限ることとは言い難いと思う。三四郎にも、そして相対
世界の中に執着している人間全てに与えられる言葉として作者は
示唆していると思うのである。

75) 前掲書、306頁。
76) 前掲書、306頁。
77) 大岡昇平『小説家夏目漱石』、234頁。
78) 高木文雄『新装　漱石の道程』、審美社、1972年4月、84頁。

　さて、この言葉を後にして三四郎から去って行った美禰子は最後に「森の女」の画になって三四郎の前に置かれる。この「森の女」の画に関して与次郎が三四郎に聞く。

　　「どうだ森の女は」
　　「森の女と云ふ題が悪い」
　　「ぢや、何とすればいいんだ」
　　三四郎は何とも答へなかつた。ただ口のなかで迷羊、迷羊と繰り返した。79)

　三四郎が、口の中ではあるが、確実に迷羊と言ったのは最初であり、また最後である。
　生死の問題について切実に考えたことがなかった三四郎は、投身自殺の女の死、そして子供の葬式に接して、恐ろしい運命を感じ、生の亨楽の底にある苦悶を払おうとまっすぐに進んだのである。自己の運命を充分に納得し、この世の中において本質的に「迷子」であり、孤独な人生であることが、三四郎なりに解かったのであろう。呑気な一人の人間を成長させるための、漱石の意図の緻密さが、余すところなく書かれているのである。

────────────────
79)『三四郎』、前掲書、309頁。

第六章
『門』と「一叩一推人不答」

一. はじめに

　明治四十三年三月一日から六月十二日まで、全百四回にわたって、東京．大阪の両「朝日新聞」に連載、明治四十四年一月、春陽堂より刊行された小説『門』1)には、漱石の参禅の体験が生かされて書かれている。そこで漱石は明治二十七年十二月二十三日か

---

1)『門』、一般に漱石の小説のなかで禅に触れるとき、まっさきにいわれるのが『門』であるが、その題を漱石自身がつけたのではない事は周知のとおりである。それをつけたのは森田草平と小宮豊隆で、当時、朝日新聞から漱石の新しい小説の名前を催促され、漱石主宰の文芸欄の下働きをしていた森田草平は、朝日新聞社から何でもいいから名前を考えて報告するように頼まれて、小宮豊隆の所へ行った。小宮豊隆はこのことを『門』の解説に、「不得已豊隆は、机の上の『ツァラツストラ』を取り上げおみくじでも引くやうに、それをぱつとあけて見ることにした。さうして出て来たのが門といふ言葉である」と書いている。こういう縁で生まれた題である事実から、『門』という題と小説の内容とが不自然であると憶測されているようである。ついでに小宮豊隆は「然し漱石は、小説の内容に就いて頭を使ふ事の方が急がしかつたと見えて、名前はなかなかきまらなかつた。」と記している。つまり、内容はすでに構想されていたと思われる。小説の内容と題が不自然であるという一部の評とは異なって、すでに構想した内容を『門』に書いたと思われる。

ら翌年一月七日まで鎌倉に参禅に出かけたときの経験を描いたばかりでなく、参禅に至るまでの人生の根本問題に悩み、格闘した面を、主人公宗助の生活を通して自分の告白のように描写している。

　小説は明治四十二年の晩秋のある日曜日から、翌年早春の日曜日までの短い期間の、日当りの悪い崖下に借家住まいをしている夫婦野中宗助と御米との生活の物語である。いつからか分からない因果の束縛の中で現在生きている自分、そのために時には苦しんだり、悩んだり、喜んだりする人間であること、この人生というのは何か、と問いながら宗助は勤めと家との間を往来している。本稿では参禅の問題を取り入れた漱石の作意とともに禅の思想をめぐって考察しようとする。

二.　運命と因果

　『門』の冒頭には、空を見上げる主人公宗助、自分の寐ている縁側の窮屈な寸法と非常に広大なる空を対比する場面が書かれている。そして小説の後半には宗助の参禅が取り上げられて、禅によって人間の苦悩を解脱しようとする主人公のことを思えば、この冒頭の情景は宗助の心理状態とともに、小我と大我の対比を描いていると読める。そこに作者の作意が暗示されているとも思われる。

　つまり、作品の中に書かれている参禅に対しての構想も冒頭から着想していたといってよいと思う。が、一般に宗助の参禅は評判

がよくない。たとえば谷崎潤一郎は「然しなるべく卑俗に或は不自然に陥らない範囲に於て願ひたいものである。宗助が鎌倉へ参禅に行く所は如何に見ても突飛であらうと考へる。」[2]と書いているし、正宗白鳥は、「宗助が正体を現はしてからの心理も一通り書けてゐるには違ひないが、真に迫ったところはなかった。鎌倉の禅寺へ行くなんか少し巫山戯である。」[3]と評している。また、もっと後にも片岡良一は、「そういう苦悩もない仕合せの中に、その仕合せを外側からおびやかすものの影が急に色濃く近づいてくるのはまだしも、そこから不意に主人公の禅寺行きが生まれるのは、何といっても飛躍的でありすぎよう。内面的な筋が通らぬ——つまりリアリティ―がないのである。」[4]と述べている。これらの評は、いずれも主人公の参禅の不自然と突飛を指摘している。

　しかし、遠藤祐は、参禅を肯定的な考えで理解を示している。「要するに参禅は「希知」な自分をしっかりさせたいという〈精神修業〉を目指したに過ぎない。禅に＜精神修業＞を求めるのは、庶民的な禅理解として普通であって、そう考えればこの参禅行の設定は、いささかも不自然ではない。」[5]といったのがそれである。

　以上のように、作品のリアリティーを見るか、象徴性を見るかに

---

2) 谷崎潤一郎「『門』を評す」、『新思潮』、1910年9月号。

3) 正宗白鳥「夏目漱石論」、『中央公論』1928年6月号。『日本文学研究資料叢書』有精堂、1頁。

4) 片岡良一「門」解説、春陽堂文庫、1949年11月、後、『片岡良一著作集』第9巻、中央公論社、昭和55年。

5) 遠藤祐『門』の世界—試論—、「文学」、1966年2月、『日本学研究資料叢書』有精堂、199頁。

大別されるが、畑有三は二つの相反する読み方を四つに分類している。「1. 暗い作品としてとらえるものと明るい作品としてとらえるもの、2. 自然主義的作風としてとらえるものとその反対に虚構を駆使した作風としてとらえるもの、3. 平凡人の生活を描いたとみるものと特殊人の生き方を描いたとみるもの、4. (過去の)「罪」を主題にしたとみるものと(現在の)「愛」を主題にしたとみるもの」6)などである。が、本稿ではそれらに拘わるより、独りの人間の禅思想を探る読み方をとりたい。そこには暗い面も、明るい面も、平凡人でありながら特殊人である面もあるからである。それは禅を貫いて悟りに達するかそうでないかによることである。

　『門』は、『三四郎』と『それから』と共に三部作といわれる。その理由としては先ず「愛」をめぐって考えられる。『三四郎』では愛が結ばれなかった。それ程愛は信じられなかった。『それから』では愛が一応成立する。けれども、二人は完全に結ばれるかどうか分からないまま物語は終わる。『門』では二人の愛が結ばれる。けれどもその愛から生じた罪意識は、不幸と不安の運命を告げ、因果の恐ろしさを提示する。男女の愛、世間的な愛は人生において、究極的な目的にはなれないと結論を下しているようであり、この故に三部作であるといわれているようである。

　人間の道程、それは「因果」の束縛で、生きていくべき「運命」であると知った宗助は、人生そのものを恐れる。『門』の第四章には、

---

6) 畑有三「門」、「国文学」学灯社、1969年4月、84頁。

　　　彼は書生として京都にゐる時分、種々の口実の下に、父から臨
　　時随意に多額の学資を請求して、勝手次第に消費した昔を思ひ出
　　して、今の身分と比較しつゝ、頻りに<u>因果の束縛を恐れた</u>。7)

　　　　　　　　　　　　　　　　　　　　　　（下線引用者）

と、過去と現在が不可分の「因果」に結ばれていると省察する。そ
れを自業自得として受け入れ、その運命を認知する。ついでお米
の「其内には又屹度好い事があつてよ。さうさう悪い事ばかり続く
ものぢやないから」8)という慰めのような言葉からも宗助は「運命」を
感じる。

　　　　真心ある妻の口を藉りて、<u>自分を翻弄する運命の毒舌</u>の如くに
　　感ぜられた。9)(下線引用者)

　そして宗助は運命の力の恐ろしさを感じ、その残酷な運命が気
紛れにお米と自分を窄に突き落としたのを無念に思う。
　彼らの現在のこうした状態を、宗助とお米の過去の問題から来
た罪であると規定して、小宮豊隆は、「こうして彼等は、社会の外
に住むことの寒さと佗しさとに堪へて来た。しかし堪へることので
きないのは、彼等の内に彼等を脅かすものの住んでゐることだつ
た。それは言ふまでもなく彼等の、お米の以前の所天、安井に対

---

　7)『門』『漱石全集』第4巻、657頁。
　8) 前掲書、659頁。
　9) 前掲書、659頁。

する「罪」の意識である。もちろん彼等の結合は、この「罪」を前提とする。この「罪」なしには、彼等の結合は成立しない。彼等の結合が必然だつたとすれば、彼等の「罪」も亦必然だつた」[10]と述べている。

　しかし、江藤淳は『門』を罪の物語というより罪の回避の物語であると述べて、「こうした漱石が、あたかも至上命令に呼び覚まされたかのように自らの暗い童話を中断して、宗助夫婦の過去の「罪」をおずおずと提示しているのを見るほど傷ましいものはない」[11]と、評している。

　罪を問題とすれば『それから』の代助に始まる問題であり、一般には宗助にこの問題を持ち出すあたりから『門』は作品として前後が不自然になると理解されている。谷崎潤一郎や正宗白鳥の批評がそれである。しかし漱石がかねて持っている思想の面から見ると、その問題は解消するのであろう。宗助の不安は、人間一般の不安として、実は初めから設定されていたのであって、それが安井の登場をめぐって表面的な問題になって、物語として描かれているのである。

　　　彼等は自己の心のある部分に、人に見えない結核性の恐ろしいものが潜んでゐるのを、仄かに自覚しながら、わざと知らぬ顔に互と向き合つて年を過した。[12]（下線引用者）

10）小宮豊隆『夏目漱石』3、岩波書店、1953年十10月、62頁。
11）江藤淳『決定版・夏目漱石』、新潮社、1984年6月、75頁
12）『門』『漱石全集』第四巻、689頁。

　「人に見えない結核性の恐ろしいもの」、その運命に対して二人
は忍耐強くなっている。

　「互いに抱き合って出来上がつた」13)丸い円、それは極めて小さ
い宇宙であり、「小我」の世界である。『それから』の代助はこの「小
我」の世界を打破するために決断した。しかし『門』の宗助の世界
は、さらに狭小な「小我」に閉じこもることになる。そして二人は、
「広い世の中で、自分達の坐つてゐる所丈が明るく」思われ、「宗助
は御米丈を、御米は又宗助丈を意識」14)して、暮らしていく裡に自
分たちの生命を見出し、洋灯の力の届かない暗い社会は忘れてい
たのである。

　こういう「小我」の世界の苦悩から脱して「大我」に達すること、
漱石が提示している問題はまさにこの点にある。それが宗助の参禅
の意味であると思う。

　因果、運命を乗り越えて、煩悩のかたまりから救われる方案を
提示する前提として愛を語り、因果を語り、運命を語り、罪を
語ったのであろう。そして、これらの問題から超越することができ
る方案が「禅」であり、「道」であると漱石は小説の後半で提示した
のである。

　宗助は床屋で、年の暮れに世間の人が故意と短い日を前へ押し
だしたがって齷齪するかのような様子を見て茫漠たる恐怖の念に襲
われながら、自分がこの世間の一員としてやむを得ず巻き込まれ、

___

13)　前掲書、775頁。
14)　前掲書、689頁。

流れていかなければならない無能な人間であることを感ずる。

　　　漸く自分の番が来て、彼は冷たい鏡のうちに、自分の影を見出し
　　たとき、不図此影は本来何者だらうと眺めた。首からは真白な布に
　　包まれて、自分の着ている着物の色も縞も全く見えなかつた。15)

　　　　　　　　　　　　　　　　　　　　　　　　　（下線引用者）

　　第十三章に見られるこの言葉、「本来何者だろう」こそが『門』の
主題だと、本稿では主張したい。これには、かつて漱石が鎌倉円
覚寺で参禅したとき、帰源院の老師釈宗演から受けた公案、「父
母未生以前本来の面目」という、漱石年来の課題に他ならないから
である。
　　宗助が禅寺の門を叩くまでの心境は、あまりにも根強い因縁の
絆に強く悩まされる自身という人間のはかなさである。坂井から、
坂井の弟、それから満州、蒙古、などの話と共に、遂には安井に
まで進んでいく話を聞いて、宗助は、それが偶然であるにしてもあ
まりにも残酷な因縁であることを痛感する。そこで再び過去の過失
に苦しむことになり、残酷な運命が自分にだけ攻め寄せると感じ、
「普通の人が滅多に出逢はない此偶然に出逢ふために、千百人のう
ちから選り出されなければならない程の人物」16)であるとまで宗助
は思う。この運命は因果応報が裏づけられていることを思えば、偶

─────────────────

15) 前掲書、757頁。
16) 前掲書、815頁。

然というより必然であるかも知れない。

　自分の意志では切れない恐るべきの因果の束縛、人間の能力で
この束縛から自由になれないのか、なれるとすればその方法は何で
あろうか。しかし宗助夫婦にはたよる信仰はない。彼等は神も仏に
も逢わず、二人で互いを目標として働くだけである。第十四章に
はそのことが書かれている。

　　　彼等は、日常の必要品を供給する以上の意味に於て、社会の存
　　在を殆んど認めてゐなかつた。彼等に取つて絶対に必要なものは御
　　互丈で、其御互丈が、彼等にはまた充分であつた。彼等は山の中
　　にゐる心を抱いて、都会に住んでゐた。17)(下線引用者)

　作者は一方で、「山の中にいる心を抱いて、都会に住んで」いる
二人を純粋であると表現している。純粋な愛にはそれだけの力はあ
るかも知れない。『それから』の代助と三千代を想起するならば、宗
助夫婦において、代助の目指した理想が具現されていることを、
この叙述に示しているように見える。行為と目的が一つでなければ
ならないという代助の理論を想起すれば、二人の生活が完全にそ
の理想を実現していることを認め得るであろうが、しかし漱石はそ
れが絶対の理想だとは見ていなかった。

　宗助夫婦は決して口にしない恐るべき「運命」を予感しており、
それが明確になることに及んで、彼等の愛も結局その無力を露呈

17) 前掲書、774頁。

するに至る。

　安井との偶然の再会の予示、この偶然は運命と合致される。宗
助はこの不安から脱する途を求め始める。第十七章ではそれらの不
安をもっている自分自身から解放されたいという宗助の強い意志を
見せている。

　　　彼は根の締まらない人間として、かく漂浪の雛形を演じつゝあ
　　る自分の心を省みて、もし此状態が長く続いたら何したら可からう
　　と、ひそかに自分の未来を案じ煩つた。
　　　(中略)彼は黒い世の中を歩きながら、たゞ何うかして此心から逃
　　れたいと思つた。18)(下線引用者)

「根の締まらない人間」の「心」、その心は自分から見ても堪らな
いくらい弱くて落ち着かなくて不定で不安である。ひたすら運命に
引き摺られて、その運命に服従する外にない度胸の無さ過ぎる「心」
である。「漂浪の雛形を演じ」ているこの「根の締まらない人間」の心
から根の締まる人間の心にならなければ、永久にこの苦しみから解
放されることがない。そのためには「実際の方法」を考えなければい
かないと宗助は切実に思う。

　ここで、漱石が「心」という語に焦点をあわせたことは、「心の実
体」を探るのが仏教の真理、即ち、禅の目的であることを念頭にお
いていると理解するのは容易であろう。宗助が人間の生死苦楽の

---

18) 前掲書、822頁。

　根本は「心」の作用から来ることを理解して、圧迫の原因になった自身の罪や過失を救い、彼にそれらの束縛から放たれる人生を与えたいという使命を、『門』で、漱石は示唆しているのである。
　第十七章の終わりの部分には次のように書かれている。

　　　今迄は忍耐で世を渡つて来た。是からは積極的に人生観を作り易へなければならなかつた。さうして其人生観は口で述べるもの、頭で聞くものでは駄目であつた。心の実質が太くなるものでなくては駄目であつた。彼は行く行く口の中で何遍も宗教の二字を繰り返した。けれども其響は繰り返す後からすぐ消えて行つた。攫んだと思ふ烟が、手を開けると何時の間にか無くなつてゐる様に、宗教とは果敢ない文字であつた。
　　　宗教と関連して宗助は、坐禅といふ記憶を呼び起した。19)

　　　　　　　　　　　　　　　　　　　　　　（下線引用者）

　漱石は、この「坐禅」の言葉を引き出すまでは、それの必要性、当然性が要求されるゆえに、人間の苦しみや楽しみなどの分別相を語る必要を感じた。それで人間の執着心としては先頭に来る「愛」、それも男女の愛を設定し、そこから起こる「罪」、「呪い」、日常性の亀裂などの「葛藤」を展開する。そして人間が弱くなったとき、先ず、たよりとして思う「宗教」を浮かび上がらせる。しかし、宗教にたよるだけでは、根本的な問題は残されたまま忍耐が必要となるので、積極的な人生にはなれない。忍耐するより忍耐その

___
19) 前掲書、822頁。

ものを超越しなければならない。そして積極的な人生観を樹立して、人間が持ち得るすべての葛藤から解脱すべきである。依る「宗教」でなく、自力で解決する「禅」を選んだのである。その方法が、「心の実質が太くなる」道、「坐禅」である。

　このような展開について、正宗白鳥は「夏目漱石論」の中で、「作者はどの小説にも——なぜこんな筆法を用ひるのであろうか。腰辨宗助の平凡生活だけでいゝではないか。作者はそれだけで世相を描き出し得る手腕を有つてゐるのである。思ふに責任の強い作者は新聞小説として読者を面白がらせなければならぬと云ふ職業意識から、こんな余計な作為を用ひたのであるまいか。」[20]と評している。この評は、あまりにも漱石の作意を理解していないと思われる。つまり、漱石の根本思想である禅を理解しない批評に過ぎない。

　安井の出現によって宗助は七年近く以前の恋愛事件を思い浮かべ、友人に対する罪責感を感じることから、その罪責感を感じる心の所在を探り、その「心」から逃れ出たいという思いから、坐禅の力で安心、立命の境地に達することを希望して、参禅に至る。それは「自分の罪や過失は全く此結果から切り放して」しまうことであり、消極的な他人本位から、積極的な自己本位になったのである。漱石は、『門』から四年後、大正三年十一月、『私の個人主義』の講演で次のように言っている。

20）正宗白鳥「夏目漱石論」、前掲書、92頁

　　根本的に自力で作り上げるより外に、私を救ふ途はないのだと
　悟つたのです。今までは全く他人本位で根のない浮き草のやうに、
　其所いらをでたらめに漂よつてゐたから、駄目であつたといふ事に
　漸く気が付いたのです。21)(下線引用者)

　積極的な人生観を作り変えるのには自力で打ち抜ける禅が要求
される。このような経緯で選ばれた参禅は、『門』では因果の束縛
から感じるべき運命、そこから生じる不安な自分を救う実際の方
法として取り上げられ、作中十八章から二十一章の四章にわたっ
て詳細に描かれている。まず、

　　「まあ何から入つても同じであるが」と老師は宗助に向かつて云つ
　た。「父母未生以前本来の面目は何だか、それを一つ考へて見たら
　善からう」
　　宗助には父母未生以前といふ意味がよく分らなかつたが、何し
　ろ自分と云ふものは必竟何物だか、其本体を捕まへて見ろと云ふ
　意味だらうと判断した。22)(下線引用者)

と禅の公案「父母未生以前本来の面目」が提示される。自分という
ものの本体を捕まえると、自分も知らず引き摺られている。因果の
束縛から自由になれる、その方案として参禅にたよる。
　漱石に与えられた公案、「父母未生以前本来の面目」に対して越

─────────────
21)『漱石全集』第十一巻、451頁。
22)『門』『漱石全集』第四巻、832頁。

智治雄は、「この公案が、漱石生涯の課題としてむしろ参禅ののち
に鮮やかに蘇るものであったろうことを確認すればよいので、『門』
や『行人』はその例証にほかならない。」[23]と述べている。『それか
ら』では、「禅坊さんの所謂大疑現前抔と云ふ境界は、代助のまだ
踏み込んだ事のない未知国であつた。代助は、さう真率性急に万
事を疑ふには、余りに利口に生まれ過ぎた男であつた。」[24]と記さ
れている。宗助も「俄然として新天地が現前する」境地を求めるほ
ど一途でない。漱石自身も青年時代に参禅したが、与えられた公
案は老師の期待にとどかないまま終わっている。

三. 禅門

　禅に寄せる漱石の心構えは生涯にわたるが、それに対する関心
は、鎌倉参禅よりかなり以前から見られる。『硝子戸の中』第九章
に、高等学校時代に友人である太田達人が風もないのに往来に木
の葉が落ちるのを見て、「あッ悟った」と叫んだことを覚えているの
が、その例の一つで考えられる。
　また、漱石の周辺には、太田達人以外に、米山保三郎や菅虎雄
などの禅の先輩がいる。彼らとの交友や、明治二十年代に盛んに
刊行された禅書に親しむことなどによって、禅に対するかなりの知

---

23) 越智治雄『漱石私論』、角川書店、1971年、212頁。
24) 『それから』『漱石全集』第4巻、389頁。

的理解を得ていたことは容易に想像できる。が、この論で論者が
特に指摘したいのは、漱石十年代の漢詩に既に禅への傾倒が見ら
れる点であり、また、それが中年の作品である、『門』にも登場して
いるこである。漱石の初期の漢詩に関しては既に述べたが、ここで
は小説『門』との関わりをめぐって考察してみたい。

　『門』の冒頭には、次のような情況が述べられている。

　　　秋日和と名のつく程の上天気なので、往来を行く人の下駄の響
　　　が、静かな町丈に、朗らかに聞こえて来る。肱枕をして軒から上
　　　を見上げると、奇麗な空が一面に蒼く澄んでゐる。25)(下線引用者)

　ここから先ず頭に浮かんでくるのは、明治二十三年九月の漢詩
である。

　　無　　題

　煙澹天澄秋気微　　　　煙澹く天は澄んで秋気微なり
　風塵不着旧征衣　　　　風塵着けば旧征衣
　東都諸友如相問　　　　東都の諸友如し相い問わば
　飽看江山猶未帰　　　　江山を飽看て猶お未だ帰らず

　第一句の「天澄秋気微(煙澹く天は澄んで秋気微なり)」は、まさ
に奇麗な空が一面に蒼く澄んで、秋日和と名のつく程の上天気だ

──────────────
25)『門』前掲書、625頁。

と述べている小説の冒頭とその情況と意趣を同じくしている。つまり、小説『門』はすでに作られた漢詩からそのモチーフを得ていたのである。既に言ったように、空を見る宗助の姿には、大空に象徴される永遠なるものに心を安らわせたい気持ちが表現されている。

　宗助は歯医者を訪ねて、当時の修養を目的とする月刊雑誌である『成功』にで「風碧落を吹いて浮雲尽き、月東山に上がつて玉一団」26)という漢詩の一句を目にする。そして「こんな景色と同じような心持ちになれたら、人間も嘸嬉しからうと、ひよつと心が動いた」27)と憧れの心を持つ。これは、後の禅への予告として考えることができよう。

　漱石が漢詩から離れていたのが十年、世事の忙しさか、漢詩へまで分ける余裕がなかったのか、英国留学以後に全然作っていなかった漢詩の世界へ十年ぶりに呼び戻されたことが、上の文章から、推察できるのではないだろうか。小説の中に、禅のことを詳しく書きながら漱石自分自身の「心の世界」に戻ることができた。そして漢詩に目を向けたのであろう。『門』を書き終わったこの年七月三十一日、実際に、十年ぶりに漢詩を作ることになる。「こんな景色と同じような心持ちになれたら、人間も嘸嬉しからうとひよつと心が動いた」と書いたとおり、「心が動」いてとうとう漢詩に目を向けたのである。『門』の連載が終わって、明治四十三年六月十八日から長与胃腸病院に入院し、同年七月三十一日退院することにな

---

26)　前掲書、686頁。
27)　前掲書、686頁。

るが、その退院の日、松山の知人、森円月の依頼で、「寂然禅夢
底、窓外白雲帰(寂然たる禅夢の底、窓外　白雲帰る)」と扇面に書
いたのがそれである。28)「白雲」は前に考察したとおり、漱石の仙郷
であり、禅境である心の世界である。つまり漢詩の世界を通じ、
小説『門』に表現した「こんな景色と同じような心持ち」であるその
「白雲」に、いつも心の奥に希求していた禅夢と共に帰することに
なったのである。

　そして、この心持ちは大正三年十一月の漢詩に再び現われ、漱
石自身の心境を相変わらず語り続けている。

　　無　題

　　碧落孤雲尽　　　碧落　孤雲尽き
　　虚明鳥道通　　　虚明　鳥道通ず
　　遅遅驢背客　　　遅遅たる驢背の客
　　独入石門中　　　独り石門の中に入る

　『門』で示された「風碧落を吹いて浮雲尽き」は、まさにこの詩の
第一句にそのまま取り上げられているし、第二句の「虚明」の境に
も「月東山に上がって玉一団」の風趣を醸し出していることが分か

────────────────

28) 明治43年7月31日の日記に「一昨日森円月の置いて行った扇に何か書いて
　くれと頼まれてゐるので詩でも書かうと思つて、考へた。沈吟して五言
　一首を得た。」と記し、詩を書いてからは「十年来詩を作つた事は殆どな
　い。自分でも奇な感じがした。扇へ書いた。」と感想も記している。

る。さらに第三句、第四句では、禅寺の門に佇みながら独り入る状況をよく想起し得る句で、『門』の主題である禅門をくぐった孤独な主人公の心境を表わしているようである。

　門の向こうは絶対安心のできる世界である。然るに宗助はこの門を通過し得ず、といってこの門を離れる事もできず、門前に佇立しなければならない運命が与えられている。この通れない「禅門」を、漱石は自分の人生の始まりの十代から晩年まで叩き続けている。

　　　鴻　台

鴻台冒暁訪禅扉　　　鴻台　暁を冒して　禪扉を訪う
孤磬沈沈断続微　　　孤磬沈々　断続して微かなり
一叩一推人不答　　　一叩一推　人答えず
驚鴉撩乱掠門飛　　　驚鴉撩亂として　門を掠めて飛ぶ

　「鴻台」と題するこの詩は第一章で論じたとおり、明治十六年から十七年の成立学舎時代の作品である。朝早く鴻台の禅寺を訪ねると、磬の音がかすかに、きれぎれに聞こえる。禅寺の扉を叩いたり、押したりして案内を乞うたが、返事はなく、ただ、驚いた鳥どもが、門を掠めるようにしてばたばたと飛び立ったという内容である。

　十七、八歳の習作らしい詩にすぎないとしても、この詩は漱石

の人生にとって非常に重要な意味をもったことを示唆している。この禅門が開かないと、禅の世界への進入が不可能であり、また有限であるこの世の中を脱することができないという事実に、漱石はかつて過敏な重圧感を感じていたのではないか。詩が漱石の人生の行方をあまりにも予示しているようであり、また、そういう潜在意識、或いは強迫観念が二十五、六年後の小説『門』にまで発展することになったと論者は敢えて言いたい。

　次のよく知られた、『門』の結末部分も、前記の漢詩に脈を同じくしているのは説明するまでもないであろう。

　　　自分は門を開けて貰ひに来た。けれども門番は扉の向側にゐて、敲いても遂に顔さへ出してくれなかつた。たゞ、
　　「敲いても駄目だ。独りで開けて入れ」と云ふ声が聞こえた丈であつた。29)(下線引用者)

　「独りで開けて入」るためには、自力でできるかぎり叩くしかない。自力で叩くというのは禅への精進であり、悟りを開くことである。

　漱石が禅に傾倒したのは他力にたよることなく、自力で「道」を得ることができるからであろう。松岡譲は「漱石は、宗教を「救ひ」の面で見ないで、「悟り」の面で見ていた」30)といっている。また、

---

29)『門』前掲書、853頁。
30) 松岡譲「夏目漱石」、『思想』第196号、1938年9月、『夏目漱石研究資料集成』第九巻、270頁。

次にあげる文章も、まるで前の漢詩を作った当時の心境を思い浮
かべているように書いている。

　　　けれども夫を実地に開ける力は、少しも養成することが出来な
　　かつた。従つて自分の立つてゐる場所は、<u>此問題を考へない昔と
　　毫も異なる</u>ところがなかつた。彼は依然として無能無力に鎖ざされ
　　た扉の前に取り残された。31)(下線引用者)

　これは、主人公宗助が参禅の経験の後の感じを述べたものであ
るが、漱石は、十代に叩いたり押したりしても人の答えがなかった
禅寺の門の前の自分を想起していることに違いない。
　先にも述べたように、漱石が実際悟りへの志をもって、その実行
のため明治二十六年春頃、二十七年十二月二十三日から翌年一月
七日まで鎌倉、円覚寺の帰源院で参禅した。然し、この時、漱石
に与えられた公案「趙州の無字」、「父母未生以前本来の面目」に答
えられなかったまま帰ることになる。漱石はこれを明治二十八年一
月の書簡に、告白のように書いている。斎藤阿具宛のものである。

　　　(前略)小子去冬より鎌倉の楞伽窟に参禅の為め帰源院と申す処
　　に止宿致し旬日の間折脚鐺裏の粥にて飯袋を養ひ漸く一昨日下山
　　の上帰京仕候五百生の野狐禅遂に本来の面目を撥出し来らず御憫
　　笑可被下候先は右御祝ひまで余は拝眉の上万々32)(下線引用者)

<hr>

31)『門』前掲書、853頁。
32)『漱石全集』第14巻、65頁。

　このように漱石は悟りは得られなかったけれども、それへの願い
は以前よりもっとも切実になったのであろう。次の『門』の宜道の話
はそうした作者の気持ちを反映していると考えることができる。
「悟りの遅速は全く人の性質でそれ丈では優劣にはなりません。入
り易くても後で塞へて動かない人もありますし、又初め長く掛かつ
ても、愈々と云ふ場合に非常に痛快に出来るのもあります。決して
失望なさる事は御座いません。たゞ熱心が大切です。」33)と、決し
て失望することはないと悟りへの願望を続けさせているわけである。

　これらを見てくると、見性すること、悟りに至ることは勇猛精進
によるもの、そして仏道の縁によるものといわれていることを漱石
は理解していたようである。そして、自分が成し遂げるべきことを
『門』で示唆している。

　十七、八歳の漢詩では、禅扉を叩いたり推したりする方法で門
を潜ろうと試みている。そして四十三歳の時の小説『門』では、「独
りで開けて入れ」という方法を提示している。即ち、初期漢詩から
は、漱石は、禅扉の前で叩いたり推したりしながら、内から人が開
けてくれることを待っていた。が、『門』という後期の作品の中で
は、「自分で開けて入る」ことしか他の方法はないという事実を明確
に覚るまで発展している。そして、今は通れないとしても決してあ
きらめることはできない。

　漱石は『門』でその意志を示している。

---

33)『門』前掲書、852頁。

　　　彼は前を眺めた。前には堅固な扉が何時までも展望を遮ぎつて
　　　いた。<u>彼は門を通る人ではなかつた。又門を通らないで済む人でも
　　　なかつた。</u>34)(下線引用者)

　宗助が禅門を通らないで済む人ではないという決心を示している
ように、漱石の禅門を通ろうとする精進は、彼の一生を一貫する
一つの課題であった。
　禅寺の宜道が見性した日の嬉しさのあまり、裏の山へ駆け上っ
て、草木国土悉皆成仏と大きな声を出して叫んだといった話を聞
いて、「見性」に対する期待感をさらに強く持つようになったのであ
ろう。通れない門の前で矛盾を語りながらも因果の恐ろしさ、俗世
の苦しみの中でそのままとどまる勇気はなおさら無いので通るべき
運命を選んだのである。宗助はまた宜道から見性に対してきく。

　　　「決して損になる気遣いは御座いません。十分坐れば、十分の功
　　　があり、二十分坐れば、二十分の徳があるのは無論です。<u>其上最初
　　　を一つ奇麗に打ち抜いて置けば、あとは斯う云ふ風に始終此所に御
　　　出にならないでも済みますから。</u>35)(下線引用者)

　見性という意味を明らかにしているこの文章は、ある面では漱石
が禅に対する執着を捨てられなかった一節かも知れない。
　漱石は、「一つ奇麗に打ち抜」くために、禅への熱意を抱いて一

---

34) 前掲書、854頁。
35) 前掲書、847頁。

生を尽くしたのであろう。

　宗助は与えられた公案を打ち抜けず、生にかかる重い荷として家へ持ち帰ることになる。しかし、ある程度の成果はあったことを見せている。

　　　　彼は平生自分の分別を便りに生きて来た。其の分別が今は彼に祟つたのを口惜しく思つた。[36]

　分別を分別として観ずることができたというのが一つの成果である。この分別では見性に至れないこと、公案を打ち抜けないことを切実に感じたのである。つまり、いくら知識を持っていてもその知識だけでは見性に至れない道理だけは実感したのである。

　禅寺から帰った宗助は、ある日曜の昼、横町で耳にした鶯の話を御米に聞かせる。

　　　「まだ鳴きはじめだから下手ですね」
　　　「ええ、まだ充分に舌が回りません」[37]

　繰り返されるこの会話の意味は果たしてなんであろうか。即ち、参禅を初めて体験し、奇麗に公案を打ち抜いてはみなかったけれども、参禅の真意と重要さは分かったと宗助の状態をたとえていると

───────────────
36）前掲書、853頁。
37）前掲書、863頁。

思う。言い換えれば参禅では輪郭だけ捕んだが、これから禅への精進を充分して確固なる見性に達する意志を表明しているといえる。

　この表明のとおり、漱石は晩年まで見性の志を持ち続け、晩年には彼の特有の思想「則天去私」を宣言するまでの道に至ったのである。

四．むすび

　以上で考察して分かったように、漱石の初期からの漢詩は、彼の小説において重要な位置を占めている。十代の漢詩ですでに彼の文学と人生を予示していた。漢詩には少年期から学んだ儒教、道教および仏教などの東洋的な思想が詠じられ、またそれらは、彼の全生涯を通じて文学観の根底を成している。そして彼の人生についての哲学観にも大きな影響をあたえたと思われる。

　一般に、『門』は明治二十七年の参禅体験をもとに書いているとされているが、重要なのは、それ以前十七、八歳の時にすでにその観念的な先取りがあったことである。

　普通、仏教界でも禅宗を禅門といい、教学を教門と表記している例を見ても、この小説の「門」という語は、漱石において仏教的な意趣を表わす「禅門」であるといってよいだろう。

　また、「門」は、外部世界と内部世界、即ち、世俗と超俗の世界を区分する境界でありながら同時にそれらが通じる地点でもある。

人間誰でも外部から内部に出入りしようとすれば、この「門」を通
過しなければならない。したがって漱石は、世俗的な世界から禅的
な世界に入るためには、この禅門を通らなければならないと思っ
て、小さい時からこの禅門に関心を持っていたのでろうし、そして
この門を通過しようと努力したのであろうと思う。

■ 参考文献 ―――――――――――――――――――――――――

［全集］

夏目漱石『漱石全集』、岩波書店、1966年12月

夏目漱石『漱石全集』、岩波書店、1994年4月

鳥井正晴・藤井淑禎編『漱石作品論集成』全十二巻、桜楓社、1991年1月

平岡敏夫編『夏目漱石研究資料集成』、全十一巻、日本図書センター、1991年
　　　5月

竹盛天雄編『夏目漱石必携』、学灯社、1982年5月

三好行雄編『鑑賞日本現代文学・夏目漱石』、角川書店、1984年3月

江藤淳『江藤淳文学集成・夏目漱石論集』、河出書房新社、1984年11月

『講座・夏目漱石』、有斐閣、1982年4月

『日本文学研究資料叢書・夏目漱石』、有精堂、1982年9月

『大正新脩大蔵経』、大正新脩大蔵経刊行会、1928年3月

山田無文『碧巌録全提唱』全十巻、禅文化研究所、1989年8月

［単行本］

小宮豊隆『夏目漱石』一、岩波書店、1953年8月

小宮豊隆『夏目漱石』二、岩波書店、1953年9月

小宮豊隆『夏目漱石』三、岩波書店、1953年10月

宮井一郎『夏目漱石』上巻、図書刊行会、1982年7月

宮井一郎『夏目漱石』下巻、図書刊行会、1982年7月

平岡敏夫『日本文学研究大成・夏目漱石』、図書刊行会、1989年10月

平岡敏夫『日本文学研究大成・夏目漱石』、図書刊行会、1989年3月

江藤淳『漱石とその時代』第一部、新潮社、1970年8月

江藤淳『漱石とその時代』第二部、新潮社、1970年8月

岡崎義恵『漱石と則天去私』、宝文館出版株式会社、1968年12月

森田草平『夏目漱石』、筑摩書房、1967年8月

片岡懋編『夏目漱石とその周辺』、新典社、1988年3月

井上百合子『夏目漱石試論』、河出書房新社、1990年4月

文芸読本『夏目漱石』、河出書房新社、1975年6月

吉田六郎『漱石文学の心理的探究』、勁草書房、1970年9月

今西順吉『漱石文学の思想』第一部、筑摩書房、1988年8月

今西順吉『漱石文学の思想』第二部、筑摩書房、1992年2月

三好行雄編『別冊国文学・夏目漱石事典』、学灯社、1990年7月
佐藤泰正『夏目漱石論』、筑摩書房、1986年11月
瀬沼茂樹『夏目漱石』、東京大学出版会、1970年7月
坂口曜子『魔術としての文学・夏目漱石論』、沖積舎、1990年12月
佐古純一郎『夏目漱石の文学』、朝文社、1990年2月
蒲生芳郎外『新編・夏目漱石研究叢書』、近代文芸社、1993年4月
高木文雄『新装　漱石の道程』、審美社、1972年4月
夏目鏡子『漱石の思ひ出』、松岡譲筆録、改造社、1928年11月
島為雄『夏目さんの人及思想』、大同館、1927年10月
柄谷行人『漱石論集成』、第三文明社、1992年9月
富田義雄『夏目漱石物語』、彩流社、1984年9月
飯田利行『漱石・天の掟物語』、国書刊行会、1987年1月
駒尺喜美『漱石　その自己本位と連帯と』、八木書店、1970年5月
佐古純一郎『漱石論究』、朝文社、1990年5月
駒尺喜美『漱石という人』、思想の科学社、1987年10月
佐古純一郎『夏目漱石論』、審美社、1978年4月
森田喜郎『夏目漱石論』、和泉書院、1995年3月
中野記偉「キッシング」、『英語青年』、1977年1月号『漱石における東と西』所収
松岡譲『漱石先生』、「宗教的問答」、岩波書店、1934年1月
村岡勇『漱石資料—文学論ノート』、岩波書店、1968年5月
越智治雄『漱石私論』、角川書店、1971年5月
大岡昇平『小説家夏目漱石』、筑摩書房、1988年1月
片岡良一『夏目漱石の作品』、厚文社書店、1962年3月
吉川幸次郎『漱石詩注』、岩波新書、1967年5月
和田利男『漱石の詩と俳句』、めるくまーる社、1974年12月
和田利男『子規と漱石』、めるくまーる社、1976年8月
佐古純一郎『漱石詩集全釈』、二松学舎大学出版部、1983年10月
松岡譲『漱石の漢詩』、朝日新聞社、1966年9月
斎藤順二『夏目漱石漢詩考』、教育出版センター、1984年8月
飯田利行『漱石詩集』、柏書房、1994年10月、二四七頁。
中村宏『漱石漢詩の世界』、第一書房、1983年9月
渡部昇一『漱石と漢詩』、英潮社、1974年5月
吉川久『夏目漱石』、仏乃世界社、1973年4月
入矢仙介『近代文学としての明治漢詩』、研文出版、1989年2月
入矢義高『良寛』、「日本の禅語録」二十、講談社、1978年

金岡秀友・柳川啓一監修『仏教文化事典』佼成出版社、1989年10月
岩本裕『日本仏教語辞典』、平凡社、1988年5月
中村元外編『仏教辞典』、岩波書店、1989年12月
伊藤古鑑『六祖法宝壇経』、其中堂、1967年5月
佐橋法竜『禅・公案と坐禅の世界』、実業之日本社、1980年1月
『華厳経』『大正新脩大蔵経』、大正新脩大蔵経刊行会、1928年3月
『大智度論』『大正新脩大蔵経』、大正新脩大蔵経刊行会、1928年3月
『碧巌録』『大正新脩大蔵経』、大正新脩大蔵経刊行会、1928年3月
『臨済録』『大正新脩大蔵経』、大正新脩大蔵経刊行会、1928年3月
『楞厳経』『大正新脩大蔵経』、大正新脩大蔵経刊行会、1928年3月
『無門関』『大正新脩大蔵経』、大正新脩大蔵経刊行会、1928年3月
『法華経』『大正新脩大蔵経』、大正新脩大蔵経刊行会、1928年3月
木村英一訳・野村茂夫補『老子』、講談社文庫
中村元・紀野一義訳注『般若心経・金剛般若経』、岩波文庫、

　［論集］
中村真一郎「『意識の流れ』小説の伝統」、1951年12月『文学の魅力』所収
福原麟太郎『夏目漱石』『国文学　解釈と鑑賞』、1978年11月号
井上百合子「漱石と禅思想」、国文学、1963年10月
北山正迪「漱石と禅」、国文学、1973年4月
大久保純一郎「漱石の立場と禅意識」一、二、三、1973年7月～9月
飯田利行「『明暗』解析の鍵を握る漢詩」、国文学解釈と鑑賞、1981年6月
伊狩章「則天去私と老荘思想」、新潟文学国文学会誌、1983年7月
長谷川洋三「漱石における禅と良寛」、日本学、1984年4月
石関敬三「絶対への希求」、早大大学院文学研究家紀要、1975年2月
岡三郎「漱石の漢詩「古別離」と「雑興」の比較文学的研究」、青山学院大学文学
　　　　　部紀要、1979年3月
畑有三「門」、「国文学」学灯社、1969年4月
遠藤祐「『門』の世界―試論―」、「文学」、1966年2月、『日本学研究資料叢書』有
　　　　　精堂
正宗白鳥「夏目漱石論」、『中央公論』1961年6月号。『日本文学研究資料叢書』有
　　　　　精堂
片岡良一「『門』解説」、春陽堂文庫、1949年11月、後、『片岡良一著作集』第九
　　　　　巻、中央公論社、1980年

저자　진명순(陳明順)

釜山東亜大学校　文科大学　日語日文学科　学士
日本東京大正大学　大学院　文学研究科　国文学　碩士
日本東京大正大学　大学院　文学研究科　国文学　博士

現）霊山大学校　外国語大学　日語学科　教授
霊山大学校　国際学部　学部長
韓国日本近代学会　会長
日韓仏教国際文化学術賞　受賞
仏教TV放送. 山中対談　進行
仏教放送局　[이　한권의　책]　進行担当

主要著書, 論文

『漱石漢詩と禅の思想』
『漱石詩の文学思想』
日本アニメ作品世界『みみをすませば』등 시리즈 4巻 外 著書 多数

「漱石の「則天去私」考」
「일본에서의 불교와 근대문학의 관련성」
「漱石の「因果応報」観考」
「漱石の「入夢美人声」について」
「夏目漱石の作品に表れた「雲」について」
「漱石の「父母未生以前本来面目」考」等 論文 多数

夏目漱石の小説世界

초판인쇄 2009년 1월 5일
초판발행 2009년 1월 15일

저자 진명순
발행 제이앤씨
등록 제7-220호

주소 서울시 도봉구 창동 624-1 현대홈시티 102-1206
전화 (02)992-3253(대)
팩스 (02)991-1285
전자우편 jncbook@hanmail.net
홈페이지 http://www.jncbook.co.kr
책임편집 조성희

ISBN 978-89-5668-665-3 93830 / 정가 15,000원

· 저자 및 출판사의 허락없이 이 책의 일부 또는 전부를 무단복제전재발췌할 수 없습니다.
· 잘못된 책은 바꿔 드립니다.